Strade blu

Nicola Muscas

UN AMORE DI CONTRABBANDO

Gigi Riva, una vita in rovesciata

ROMANZO

MONDADORI

Questo libro è un'opera di fantasia. Fatti salvi i dati biografici di Riva, personaggi e luoghi citati sono invenzioni dell'autore e hanno lo scopo di conferire veridicità alla narrazione. Qualsiasi analogia con fatti, terzini, amanti, luoghi e persone – vive o scomparse – è assolutamente casuale.

La citazione a p. 165 è tratta da: Joyce Lussu, *L'olivastro e l'innesto*, Edizioni Della Torre, Cagliari 2018 (prima edizione, 1982).

mondadori.it

Un amore di contrabbando
di Nicola Muscas
Collezione Strade blu

ISBN 978-88-04-79349-6

Published by arrangement with Agenzia Santachiara
I edizione gennaio 2025

Un amore di contrabbando

Per mia nipote Alice,
per tutti i ragazzini e le ragazzine
a cui racconteremo chi è stato
Gigi Riva

Copiare il vero può essere una buona cosa, ma inventare il vero è meglio, molto meglio.

GIUSEPPE VERDI

I calciatori sono gli artisti che vengono scelti tra i giovani più vitali e affidati a dei maestri. Qual è l'arte? È il gol, è tutto ciò che provoca un'emozione tale che ci sentiamo tutti amici, tutti uniti, ci abbracciamo felici. Il gol unisce l'umanità molto più delle religioni. Gigi Riva era un santo, ma lui non lo sapeva. Come tutti. Nessuno sa di essere un santo.

MARIA LAI

Buone notizie

È un periodo che mi sento come questa sera di fine gennaio: fa freddo e il buio cala troppo presto.

Sto squamando una spigola mentre ascolto una playlist che sembra fatta apposta per giornate un po' balorde. Gratto col coltello e penso che avrei bisogno di una buona notizia. Ma gratto troppo forte e finisco per tagliarmi.

Penso troppo, sono sempre distratto. Oggi non riesco a non pensare a quello scemo che l'ultimo dell'anno mi ha inchiodato davanti, nel parcheggio di un market. Niente di che, l'ho appena toccato. Siamo scesi e ho visto il paraurti sull'asfalto. Una botta leggera, giuro, è solo che la mia macchina è un vecchio arnese.

Lo scemo, un segno nero sulla targa posteriore e nulla più, ha voluto comunque fare il CID. Gli ho detto che avremmo risolto da un carrozziere di fiducia, che era solo un graffio, scegliesse pure lui.

E invece niente, il CID, le beghe, l'assicurazione.

La ferita è superficiale ma fastidiosa. Sciacquo tampono e disinfetto, metto un cerotto color carne, sospiro.

Io piango quando casco nello sguardo di un cane vagabondo, dice Califano sparato in cassa.

Il problema è che questa casa mi uccide. Ogni gesto mi ricorda lei, qualcosa che prima facevamo insieme – soprattutto ridere – e che adesso faccio da solo; che ne so innaffiare le piante o leggere un libro a voce alta prima di andare a dormire, guardare Lilli Gruber in tv o cantare i jingle più stupidi delle pubblicità più brutte.

Ma soprattutto ridere.

Questa casa mi uccide e quello che succede fuori semplicemente mi annoia.

Ecco perché metto tutto in forno pensando di meritare una buona notizia, una di quelle che arrivano per caso e senza motivo, una di quelle che non hai fatto niente per meritarle. Arrivano e basta.

Squilla il telefono e vedo il nome di Claudio comparire sul display. Odio stare al telefono. Odio la suoneria che interrompe una playlist. Ma Claudio lo sa, è mio fratello, lo sa che quando non rispondo non c'è nulla di personale.

Blocco la chiamata, scrollo qualche istante le app dei social. Sono le otto di sera e capisco che non è periodo per le buone notizie.

Oggi, lunedì 22 gennaio, è morto Gigi Riva.

Cambiare marciapiede

Non ho mai visto Cagliari così confusa. Sulle cose è sceso un silenzio, una compostezza. Sulla gente per le strade nei negozi. Anche chi non sa niente di calcio viene travolto.

«Sapere che Riva non fa più parte della nostra città» dice mio fratello, «che non fa più parte della *sua* città. Wow. È come svegliarsi senza più la spiaggia.»

Siamo accovacciati davanti alla mia macchina. Claudio apre la cassetta degli attrezzi e mi spiega che non ha mai considerato Riva come un soggetto deperibile, piuttosto come un pezzo di Cagliari – che ne so un palazzo, un monumento, un angolo di cielo. In ogni caso qualcosa che resta. Inizia a trafficare con il mio paraurti e un rotolo di spago, fascette di plastica, fil di ferro.

«Dev'essere stata una bella botta» dice.

Io rispondo che no, l'ho appena toccato, è solo che dovrei cambiare macchina ma è un periodo che sono stretto con i soldi.

«Ma come hai fatto ad andare in giro così? Potevi chiamarmi prima. Stai scrivendo?» domanda.

Saranno mesi che non scrivo una riga di niente, che stecco consegne, che la gente mi chiede notizie del libro nuovo, di nuove idee, articoli, progetti.

«Stai attento quando sali sui dossi» dice Claudio stringendo l'ultima fascetta.

Il cielo non sembra accorgersi di niente, nemmeno una nuvola di passaggio, sgombro l'orizzonte.

Rientrando a casa vedo un pezzo di carta giallina sbucare dalla cassetta delle lettere. Le buone notizie, penso, quasi mai arrivano per posta.

L'intestazione dice LEGIONE DEI CARABINIERI DELLA SARDEGNA – STAZIONE DI SAN BARTOLOMEO.

Sotto la dicitura "Invito a comparire" apprendo che il signor Carboni Leonardo, che sarei io, è invitato a presentarsi presso gli uffici del nucleo operativo, sito in via eccetera eccetera.

Non ho idea di cosa vogliano da me, i carabinieri, ma sono così stufo che nemmeno mi preoccupo. Sono così stanco di me stesso che infilo l'invito nella tasca, facendo attenzione che mio fratello non veda.

La città si scalda di uno strano tepore mentre ci incamminiamo verso la basilica, sciarpe al collo come se dovesse giocare il Cagliari.

Arriviamo davanti alla chiesa percorrendo una sontuosa scalinata di granito e calcare. Sul sagrato vedo molte giacche aperte e un sole drittissimo sul mare di fronte. Un vento appena accennato aiuta le bandiere a sventolare con grazia.

Per qualche ragione siamo qui con un'ora d'anticipo, vediamo la piazza riempirsi.

La questura dirà che siamo in trentamila.

È stato Claudio a trascinarmi, ha detto che non me lo sarei mai perdonato. Poi non ha aggiunto altro perché stanno tutti zitti intorno a noi, e se proprio bisogna parlare bisogna farlo sottovoce.

«Papà sarebbe contento di vederci qui» ha sussurrato mio fratello. E poi basta, silenzio, un silenzio talmente profondo che sembra il rumore delle cose che finiscono.

A poco a poco si formano assembramenti anche nel grande parcheggio ai piedi della scalinata, dove è allestito un altro maxischermo.

Sono decine le televisioni accreditate, i giornalisti che guardano in camera per raccontare quel tempo lontano in cui un calciatore schivo, il più grande attaccante della sua epoca, il più grande di sempre tra gli italiani che hanno giocato a pallone col compito di fare gol, ha portato lo scudetto in una terra disgraziata, che per molti aspetti, nelle sue zone più rurali e depresse, era ancora largamente ottocentesca. Tutti qui a raccontare che non ha mai voluto lasciarla, questa terra da sempre in mezzo al mare, da sempre in mezzo ai guai. Tutti qui a ricordare la storia dei suoi *no*, iconici tanto quanto il suo mancino poderoso.

Adesso è impossibile tacere e Claudio inizia a parlarmi degli anni in cui lo incontravamo per strada, praticamente ogni sera. Lo ascolto come se non conoscessi la storia.

Erano gli anni in cui attraversava le vie del centro, elegantissimo e discreto, con quei suoi lunghi cappotti scuri, il bavero alzato a ripararsi dal vento, in questa città dove tira sempre il vento. Sbucava su via Dante e proseguiva per via Paoli, l'andatura senza incertezze, le spalle larghe, i capelli grigi perfettamente pettinati, un po' Humphrey Bogart, un po' Gregory Peck.

Tutto intorno gli affanni del mondo a rincorrersi veloci. Il traffico le macchine la vita. Lui, inesorabile, camminava.

È la statura degli abitudinari, ogni tanto un «Buonasera» e lui «Buonasera»; ogni tanto un sorriso che sempre ricambiava; ogni giorno a cena nel ristorante di Giacomo.

Rotture di palle poche, è il bello di questa città. Puoi essere il più grande di tutti che alla gente importa il giusto. Cagliari è una città torpida che ama soprattutto mangiar bene.

Per un certo periodo captavo se la serata sarebbe stata buona a seconda che incontrassi o meno Gigi Riva. E quando succedeva, per non sbagliare, per non dare disturbo, cambiavo marciapiede.

Mi bastava vederlo, tutto qua, sapere che era tra noi. Mi bastava vederlo camminare per le vie del centro in compagnia di qualche sigaretta, ogni tanto uno sguardo a una vetrina, un'occhiata alle macchine sportive parcheggiate a bordo strada.

Sul sagrato compare il capo degli ultras che con molta gentilezza ci chiede di spostarci, c'è talmente tanta gente che il carro funebre non riesce a raggiungere l'ingresso della chiesa.

Mentre ci spostiamo ci sembra che oggi, almeno oggi, sia tutta nostra la città, e che sappiamo perfettamente come averne cura. Conosciamo il rispetto che serve, mi viene da pensare.

«Il primo che tira fuori un telefono» aggiunge il capo degli ultras rivolto ai suoi, stavolta meno gentile, «glielo faccio volare.»

Mi guardo intorno e vedo genitori quarantenni con bimbi e bimbe, vedo ragazze e vedo ragazzi. La maggior parte delle persone – io stesso – non l'ha mai visto giocare.

Eppure gli occhi ci luccicano, commozione e malinconia, in certi momenti è impossibile trattenersi, e io lo so che si piange sempre per cento motivi, non per uno solo, lo so che è come svuotare un bicchiere troppo colmo, lo so.

E mi viene naturale chiedermi cosa ci sia, nel bicchiere degli altri.

«Signora» domando senza pensarci alla donna che mi sta accanto, «lei andava allo stadio, da ragazza?»

«Io? No, no, per carità. Ma una volta gli ho lasciato un bigliettino sul parabrezza dell'Alfa. Eravamo ragazze, lo facevano tutte.»

Un uomo sulla settantina mi afferra un braccio. «Io sì che l'ho visto giocare. E ti dico che quando giocava lui non avevamo paura di nessuno. Era un attaccante, è vero, ma se ci penso ti dico che è stato più bravo a difenderci. E oggi mi sembra di aver perso un figlio. Anzi, un fratello.»

«Mi ricordo una volta che lo abbiamo incontrato in via Paoli. Cosa sarà stato, il '99?» Adesso a parlare è una donna sui sessanta. «Eravamo in via Paoli davanti allo studio del signor Dante, se lo ricorda, il fotografo? Non c'erano ancora i telefoni che facevano le foto, abbiamo chiesto al signor Dante la cortesia. Eravamo un gruppone, Gigi era troppo divertito, è stato gentilissimo. Il signor Dante ha lasciato la foto in vetrina sin quando ha chiuso lo studio, un paio d'anni fa.»

In pochi minuti facciamo capannello e ognuno ha un frammento di storia da raccontare, una luce negli occhi da far brillare. Il calcio smette quasi subito di avere un ruolo, nelle parole della gente, nella loro urgenza di voler dire.

Lascio mio fratello sul sagrato e vago per il piazzale

sgusciando tra le persone. Mi metto in punta di piedi per cercare di vedere oltre l'immenso uomo davanti a me.

«Scusi, mi fa uno spazio, per favore?»

L'uomo si gira e iniziamo a parlare.

«Ho *dovuto* prender l'aereo. Sai, mio padre, era il suo eroe.»

Gianmario arriva da Ivrea, dice, ma suo padre era un sardo di Ploaghe, emigrato in Nord Italia come tanti. «Sono venuto a salutare Gigi. E a salutare papà.»

Accanto a lui c'è Marco, napoletano trapiantato a Roma. «Oggi bisognava essere a Cagliari, punto e basta» spiega con un paio di occhi maliziosi e chiarissimi.

La messa ha pochi orpelli, l'arcivescovo azzecca l'omelia senza mettersi in mostra. Anche le parole di Nicola, il maggiore tra i figli di Riva, sono essenziali e misurate. E però ci spaccano il cuore: «Io e mio fratello lo abbiamo sempre condiviso con tutti, e lo abbiamo fatto con piacere».

Ma negli ultimi dieci anni Riva è uscito di casa quasi niente. Le passeggiate, gli incontri casuali, i sorrisi ricambiati: tutto finito. Così aveva deciso e quando decide una cosa, Riva, quando dice di no, hai voglia a convincerlo.

«Gli ultimi anni, magari un po' egoisticamente, ce lo siamo goduti in famiglia, con le nostre figlie, le sue nipotine. E lo so che non vederlo in giro, per i cagliaritani, in giro per strada o al solito ristorante, lo so che non è stata più la stessa cosa.»

Seguiamo l'uscita del feretro dal maxischermo. La soggettiva dall'interno della chiesa inquadra soltanto la bara. Non la folla sul sagrato, non le illustri spalle che portano il feretro, no, solo la bara e il mare ai piedi del colle su cui sorge la basilica.

Da questa prospettiva la bara sembra planare dritta sull'acqua, come un'allucinazione visionaria in un film di Sorrentino.

Il sole è al tramonto, il cielo rossissimo vira sul rosa al passaggio di uno stormo di fenicotteri. Cagliari ha deciso di strafare.

Gli ultras rompono il silenzio e attaccano i cori, pochi e ben scanditi, senza fronzoli come lui era senza fronzoli. Sciarpe al cielo, si unisce tutto il piazzale.

"UN GIGI RIVA, C'È SOLO UN GIGI RIVA."

Mi viene in mente una vecchia intervista, roba di pochi minuti, la domanda non un granché: gli chiedono se tra i grandi attaccanti del passato ce n'è qualcuno a cui pensa di somigliare. È il 1974 e Riva è già il più prolifico marcatore nella storia della Nazionale. Oltre Silvio Piola, oltre Peppino Meazza. Chiuderà con una media mai più non solo raggiunta, ma nemmeno avvicinata: 35 gol in 42 partite. Somigliare a qualcuno? Uno così?

Non ci sarebbe nemmeno nulla di male, tutti somigliamo a qualcuno. Tutti, anche inconsciamente, abbiamo dei modelli. Del resto la prima e più potente forma di apprendimento avviene per emulazione. Nessun bambino di due anni sa cosa sia la grammatica, nessuno ha nozioni di lessico o sintassi. Eppure arriva un momento in cui i bambini, per i fatti loro, ascoltando i rumori del mondo iniziano a parlare.

Riva ci pensa un attimo. Guarda per terra. Mastica un chewing gum ma solo perché non ci sono sigarette a portata di mano.

«Non saprei» dice senza pose perché non è un tipo da pose, è un tipo alla Clint Eastwood, lui, si concede al massimo due espressioni: con o senza cappello. «Non saprei, da piccolo non ho mai avuto la possibilità di andare allo stadio, non ho mai visto giocare nessuno.»

Non ho mai visto giocare nessuno.

Significa che Riva è diventato Riva per conto proprio, l'archetipo di se stesso. Quel suo modo di stare in campo se l'è inventato strada facendo, quel coraggio, quella potenza, quella ostinazione. Quella lealtà.

«C'È SOLO UN GIGI RIVA» cantano gli ultras trascinando tutto il sagrato.

Il feretro scompare poi nella discesa che porta al cimitero monumentale, ai piedi del colle. Nessuno viene più sepolto qui dal 1968. È servita un'ordinanza comunale.

«Mi ricordo quella partita maledetta, in casa contro il Milan, quando si è infortunato l'ultima volta, nel '76» sta dicendo un uomo con pochi denti a un ragazzo che non avrà nemmeno trent'anni. «Allo stadio c'era un silenzio come a un funerale. Come oggi, ecco. Mio padre mi aveva dato cento lire per andare a comprare le noccioline. Non voleva che lo vedessi piangere.»

«Io mi ricordo la Coppa dei Campioni, contro il Sant'Etienne» rubo pezzi di conversazione alle persone qui intorno, ascolto, memorizzo, le osservo senza pudore, «è partito dalla nostra area e ha fatto a spallate per tutto il campo. Hanno dovuto stenderlo, non c'era verso di fermarlo.»

Ritrovo Claudio in cima alla scalinata mentre la folla comincia a disperdersi. «Ti ricordi quando sono rientrato da Napoli, dopo lo spareggio?» Si riferisce al giugno del '97, allo spareggio tra Cagliari e Piacenza in campo neutro, il Cagliari era appena retrocesso in serie B.

«Eravamo stanchi morti, tristi, incazzati, molti di noi pestati dalla polizia. Mi ricordo che lui era lì, al porto, tra centinaia di persone, appoggiato alla portiera della macchina. Era lì a fumare, portava una giacca grigia, aspettava suo figlio come tanti padri, come anche nostro padre. Era appoggiato alla portiera e chiedeva a tutti: avete visto mio figlio? Sembrava uno di noi. *Era* uno di noi.»

Rientro a casa stanco come se avessi corso, svuotato e confuso ma non triste. Preparo un battuto di cipolla e carote per inventarmi un sugo veloce, faccio andare un po' di musica ma ho bisogno di cambiare genere, ho bisogno di immaginare l'estate, ho bisogno di un po' di cumbia.

Per qualche giorno la casa si riempie di Sudamerica, mi rimetto persino a scrivere. Per carità poco, presumibilmente male, ma non potrei giurarci, non ho intenzione di rileggermi. Però mi viene voglia di fissare su un file le parole della gente, il loro bisogno di raccontare. L'uomo di Ivrea con il fisico da rugbista, la signora dei messaggi sul parabrezza, il tizio che lo ha visto scatenare il panico in Coppa dei Campioni, il napoletano con gli occhi maliziosi.

Il problema è che i ricordi sbiadiscono in fretta e la casa nuovamente mi inghiotte, con le sue malinconie e i suoi ritmi lentissimi. Soprattutto il bagno è diventato un posto pericoloso, questo bagno striminzito che non ci stava più nemmeno uno spillo, traboccante com'era di balsami rossetti smalti detergenti fondotinta struccanti assorbenti matite. Adesso è ridotto a una specie di luogo spettrale i cui unici abitanti sono un boccione di sapone liquido al pino silvestre e uno stick di deodorante.

Tutto riprende a scorrere come sempre: il pesce da squamare, le piante da innaffiare, Lilli Gruber da evitare. Quella convocazione dei carabinieri che mi ostino a nascondere in tasca.

Una sera incontro il direttore di una piccolissima televisione locale che mi propone di assumermi per parlare di sport dilettantistico. Piuttosto mi chiudo le dita in un cassetto.

Rientro a casa pensando che non c'è nulla in grado di scaldarmi. Mi butto sul divano e mi rendo conto che l'ultima volta in cui mi sono sentito vivo è stata a un funerale.

Tutto bene, Carboni?

È solo che ripensare agli incontri di quel giorno mi fa una strana compagnia. Questo appoggiarsi gli uni al ricordo degli altri mi fa sentire parte di qualcosa, come se quella di Riva fosse la storia di tutti, un puzzle del quale ciascuno sente di possedere una tessera.

E se provassi a raccoglierle tutte, queste tessere?

Pensarci mi aiuta a scuotermi dal torpore ma qualcosa non torna, come se questo pensiero potesse sfuggirmi di mano.

Che cosa potrò mai farne, di quei racconti? Non so nemmeno dove mi porteranno, se mi renderanno triste o felice.

Però è proprio questo il bello dei puzzle, no? Si capisce qualcosa solo strada facendo, perdendosi prima nei dettagli, osservando, muovendosi piano, qualche volta sbagliando, ricavando solo poi uno sguardo d'insieme, se si ha pazienza.

Be', io non sono mai stato uno che ha molta pazienza, né uno a cui piacciono i puzzle. Piuttosto sono uno che cambia marciapiede, e se dovessi darmi un consiglio mi direi proprio questo, adesso: cambia marciapiede, fatti i fatti tuoi, stattene buono.

Invece mi ritrovo con la carta di credito in una mano e il telefono nell'altra, duecento euro in meno sul conto e un biglietto per Malpensa appena ricevuto via mail.

Voglio dimenticarmi questa casa, scappare dai carabinieri, dribblare me stesso. Voglio inseguire la scia luminosa del fantasma di Riva.

Me ne vado a Leggiuno, Varese, il posto in cui tutto è cominciato.

Eravamo selvatici

«Giocavamo sui sassi. Dopo la scuola non c'era altro, si giocava a calcio nell'oratorio di San Primo, questo c'era.» Ernesto Gilardi, detto Nestìn, ha baffi foltissimi e guance piene. Si muovono, i baffi e le guance, al muoversi della sua bocca intenta a parlare di fatti vecchi di settant'anni, come fossero i ricordi più freschi. «È quello che capita ai vecchi, sa? Sarà che abbiamo troppo tempo per pensare, e la testa il tempo lo riempie come può. Io, per lo più, ricordo.»

Viaggiare mi è sembrata la cosa giusta, rincorrere una storia muovermi evadere, riempire la testa di incontri parole persone.

Il viaggio comincia dall'estremo Nord, la Svizzera a un passo e un freddo che non mi sento più le mani.

La casa è ben riscaldata, ha un salone ampio con due grandi finestre che affacciano su un cortile verdissimo. Ma è in cucina che avviene la conversazione. Sul fuoco una moka da due, Nestìn di tanto in tanto interrompe il discorso per il timore di non sentire il sibilo. In giro un po' di disordine, niente di che, qualche cruciverba, medicinali, carte da gioco, due telecomandi tenuti insieme da un paio di elastici gialli, il tanto da lasciar intendere che è questa la stanza più vissuta della casa.

«Col Luigi siamo stati bambini insieme. Noi lo chiamavamo così: Luigi. Se era un predestinato non lo so, non mi importa, queste sono cose che importano a voialtri che scrivete. Avete sempre bisogno di stupire, voialtri. Ma un predestinato secondo lei finisce a Cagliari, in serie B? Predestinato era Gianni Rivera, che a 16 anni giocava nel grande Milan. Poi, certo, i cavalli si vedono all'arrivo. Io le posso dire che se c'eravamo noi, al campetto, bene. Sennò bene lo stesso, lui scendeva per conto suo, ce l'aveva sotto casa. Calciava in porta pomeriggi interi, da solo. Aveva un sinistro non comune, questo le posso dire. E un'ostinazione nell'esercitarlo che non ho mai più visto niente di simile. Ma non nel calcio, eh, nelle cose della vita. Sa cosa? Ricordo il rumore del suo tiro. Quando colpiva la palla sembrava che ci fosse stato un incidente. Ha presente il rumore di un incidente?»

Rispondo che sì, ho presente, e gli dico dello scemo che mi ha inchiodato davanti nel parcheggio del market. Lui si liscia un momento i baffi, sorride, rimane in ascolto della moka e riprende a parlare.

«Vedi un po' che adesso spacco quel vetro, diceva, e centrava il *soprazzo*, lì, sulla porta della casa davanti, una finestrella 50x50 che poi ci han messo su una grata, per non ricomprare il vetro tutte le volte. I giorni che gli andava male, centrava la grata otto volte su dieci. I giorni che gli andava male, eh.»

La moka gorgoglia nel silenzio del pomeriggio, Ernesto detto Nestìn si alza senza fatica per spegnere il fuoco. È un uomo massiccio, di un pragmatismo quasi naïf, ma non privo di una certa dolcezza. Quel diminutivo con il quale è conosciuto deve risalire probabilmente all'infanzia, quando le spalle non erano così robuste, i baffi così folti, le guance così piene. Per casa si muove svelto, non dà segno di patire acciacchi o, nel caso, non gli interessa farmelo sapere. Il suo modo di parlare è secco, senza esitazioni.

«Vede questa valvola?» dice indicando la piccola caffettiera. «Ci ho campato tre figli con queste qui.» Con la testa indica un punto oltre la finestra, oltre il cortile, oltre Leggiuno, oltre il lago Maggiore, verso il Piemonte. «Omegna» dice, «ma le valvole per Bialetti le facevamo noi, qui in valle. Son stato in azienda dieci anni, poi è arrivato il sindacato. Dicevano tutti che ero un gran rompicoglioni, che per il sindacato potevo esser giusto.»

«E era vero?»

«Che ero giusto?»

«Che era un rompicoglioni.»

«Se è per questo lo sono ancora, ma in fabbrica ho continuato ad andare tutta la vita, sa? Che se le cose non le vedi da vicino, cosa vuoi capirci?»

Leggiuno dicono sia un paesino disperso sulle colline del Verbano, a un passo dal lago Maggiore. Solo, per chi arriva dalla Sardegna, *disperso* ha un altro significato. Qui siamo a trenta minuti da Varese, quaranta da Malpensa. Dai finestrini scorrono capannoni industrie campi coltivati. E tutto intorno un verde che sembra inghiottirmi.

Da noi *disperso* significa lasciare Cagliari, e tempo venti minuti trovarsi in mezzo al nulla, un nulla assoluto di cui si fa fatica a vedere la fine, e tutto intorno un silenzio, certe volte, ma un silenzio...

Verso Leggiuno i capannoni diminuiscono fino a sparire, e la Lombardia sembra un po' meno Lombardia.

Restano però i centri abitati attaccati l'uno all'altro, e resta il freddo, che tutti mi dicono di stare tranquillo, è un freddo secco, mi dicono, non bisogna preoccuparsi, basta coprirsi.

Come no.

Il paese è piccolo, fatto di case basse, molte delle quali dispongono di un modesto cortile. Passo di fronte al campetto, o meglio al luogo dove un tempo c'era il campetto. Mi indicano la vecchia casa di famiglia, sul balcone sventola la bandiera dei quattro mori.

Che cosa sto facendo?, chiedo a me stesso, e avverto una strana forma di malinconia che non sono capace di spiegarmi. So solo che vorrei telefonare a mio padre, vorrei dirgli che a casa di Riva, a Leggiuno, c'è una bandiera della Sardegna.

L'Ernesto mi dice che Riva si è rifugiato qui, quando si è rotto le gambe, tutt'e due le volte. Ed è qui che sono stati custoditi i suoi cimeli, chiusi in un baule perché esibire non gli è mai importato, lo metteva a disagio.

Lui di suo non teneva nulla, portava tutto alla Fausta e ci pensava lei, che io questa roba non so che farmene – diceva alla sorella –, vedi un po' se vuoi tenerla tu.

Tornava a Leggiuno in estate per ricaricarsi, per dare un po' di pace a quel suo animo inquieto.

«Se ne stava affacciato al balcone di casa e i ragazzini arrivavano da tutta la provincia per guardarlo fumare, zitto, mentre osservava le Prealpi luganesi lì di fronte.»

Era un'Italia in miseria quella che usciva dalla guerra, ma con una fame di vita, una voglia di sognare, fosse anche in piccolo.

«Tristi?» prosegue Nestìn. «Ma quale tristi, eravamo bambini. Eravamo poveri, certo, ma non ho mai visto un bambino esser felice perché ricco. Cosa le devo dire, che giocavamo scalzi per non rovinare le scarpe buone? Facevamo così, e allora? Guardi che il neorealismo è finito da un pezzo, chi crede di impressionare? Piuttosto le dico che eravamo nel mondo come anime libere, questo deve scrivere, sempre in giro per i boschi oppure giù al lago, a pescare, o su quel campetto pieno di sassi, a tirar calci a un pallone.

Poi la vita certe volte è carogna, sa? E con lui è stata carogna per molto tempo. L'Ugo io me lo ricordo, il padre. Sarà stata l'età, sarà che quelli son cristiani che han fatto le guerre, sarà che noi eravamo *piscinin*, ma quella era gente, come le posso dire, che si portava addosso certe facce antiche, ecco, facce da vecchi anche quando vecchi non erano.

Lo avevan tanto cercato il maschietto, dopo tre femmine, e quando è nato il Luigino han chiesto a don Piero di suonare le campane. Sa, non erano solo vezzi, è che un paio di braccia forti in più, quegli anni lì, potevano fare la differenza per dare una mano in famiglia.

Una volta l'anno l'Ugo si metteva il Luìs sulla canna della bici. Se ne andavano al monte per il passaggio della Tre Valli Varesine. Luigi ne parlava per giorni. Gli passavano tutti davanti ma lui era contento solo se vedeva Fausto Coppi. Era l'idolo del suo papà.

E dopo niente, l'Ugo l'è morto di tumore. Ha fatto tre guerre e se l'è preso un cancro. Mi dica lei se la vita non è carogna.»

«Tre guerre?»

«Le due mondiali e la campagna d'Africa. Gli han dato pure la medaglia al valore. E la Edis se n'è rimasta lì, da sola, con la medaglia e quattro creature. Non l'ho mai vista lamentarsi una volta, sa? Ha preso ed è andata a lavorare in filanda, e poi a servizio in qualche famiglia. Certe sere non rincasava prima delle dieci. Il buono di quei tempi è che c'era sempre qualcosa da fare, se avevi bisogno di qualcosa da fare. Però il Luigi aveva nove anni, è chiaro che, se voleva continuare un minimo di scuola, doveva andarsene in collegio. Io ero lì, sa, il giorno che è arrivato il pullmino.»

Nestìn guarda fuori dalla finestra, con il mento indica un albero.

«Un fico come quello lì. Non voleva saperne di scendere. Il pullmino davanti casa, lui nascosto sull'albero. Mia madre mi avrebbe lanciato un sasso e fine della storia. La Edis ricordo aveva detto soltanto: finisce che se ne vanno senza di te, Luigìn. E poi s'era messa a piangere. E il Luigi è venuto giù perché a vederla così, quella donna che non si lamentava mai... Ci siamo capiti?»

Adesso Nestìn si interrompe per un motivo che non è il caffè. Domando cos'altro ricordi di Edis, la madre di Riva. Ma lui mi chiede se ho bisogno di zucchero. Rispondo che il caffè lo prendo amaro e l'Ernesto, per la prima volta, mi guarda con un cenno di approvazione.

«Quelle donne lì, come posso dirglielo?» si interrompe ancora, scuote la testa, deglutisce, la voce gli esce un po' increspata. «Non c'han mai fatto pesare di essere poveri. La dignità, se le devo dire una parola, un concetto, la dignità ci hanno insegnato. E il riserbo, il senso della misura. E che quelli come noi non si lamentano, va bene?»

Mi viene da ripensare all'emulazione, al fatto che Riva bambino non ha mai visto nessuno giocare a calcio, ma che ha avuto modo di praticare la dignità. Solo non mi sembra il caso di dirlo a voce alta, Nestìn direbbe che sto cercando di stupire.

«Anche la Edis se lo portava sulla canna della bici, in giro per il paese. Cantavano insieme una canzone e rideva *semper*, il Luìs. Solo che adesso non riesco a ricordare. Ma era una specie di valzer triste, sì.»

«*Lo stornello del marinaro.*»

«Come dice?»

«La canzone, si chiamava *Lo stornello del marinaro*.»

L'Ernesto scuote ancora la testa, è un sorriso che sembra una smorfia quello che compare sul suo volto baffuto.

«Quando tornava era sempre lui, ma non era più lui. A Viggiù, a Varese, a Milano. Ne ha girati di collegi ma, mi creda, non eravamo gente da star chiusi a obbedire, noialtri. Eravamo selvatici. So che se n'è scappato un mucchio di volte, l'ultima han detto all'Edis di riprenderselo. Aveva fatto la licenza commerciale e più di così, secondo i preti, non sarebbe riuscito. Se mi ha mai raccontato? No, no. Non era uno che raccontava certe cose. So quello che sanno tutti: lui li ha sempre chiamati "gli anni della galera". Per la verità, quando poteva cercava di smorzare i toni per non farla troppo lunga. Diceva soltanto che per poter mangiare bisognava prima pregare. Ma soprattutto preferiva non dire, e come sempre quel suo non dire finiva per spalancare un abisso.»

L'Ernesto mi racconta di ordini divieti punizioni, mangiare da schifo e una severità crudele inflitta a bambini su cui la vita si era già incaricata di accanirsi.

«Ci facevano una colpa del fatto di essere poveri, mi ha detto una volta.»

Nestìn sbarazza la tavola, sciacqua appena le tazzine lasciandole poggiate sul fondo del lavello. Prende una manciata di noci da un cesto sopra la credenza, le sparpaglia davanti a noi.

«Una cosa le posso dire» e schiacciando una noce sull'altra le apre entrambe. «I collegi se lo rimbalzavano come un pacco postale, lo attenzionavano come un piantagrane di chiara fama. Le suore gli correggevano il mancinismo a bacchettate e, ogni volta che fuggiva, le punizioni si facevano sempre più pesanti. Ma da quello che mi han detto, lui, il Luigi, non gli sentivi mai una parola fuori posto. Si teneva tutto dentro. Gli cresceva addosso una rabbia. I suoi erano piuttosto gesti, azioni, piccole e grandi, tanti atti di ribellione quotidiana rispetto a un sistema che considerava ingiusto. Tutto qui.»

Mi porge una noce sbucciata e nel farlo mi ricorda mio padre, mi ricorda quel genere di persone in via di estinzione che sbucciano per gli altri un po' di frutta secca.

«Mentre era via l'è morta anche la Candida, la sorellina piccola, quella più vicina a lui, quella con cui è cresciuto. Bello schifo, eh? Luigi avrà avuto dieci, undici anni. Mi ricordo un'intervista, prima del Mondiale, dove gli dicevan ch'era un bomber triste. Mi dica lei se certe volte i giornalisti non son coglioni, con tutto il rispetto.»

Me la ricordo quell'intervista. Riva aveva venticinque anni, indossava un maglione chiaro, era seduto sulla spiaggia del Poetto, alla sue spalle il mare d'inverno. Senza mai guardare in camera rispondeva che lui non era malinconico, non era triste, casomai era solo un po' chiuso.

Lo dicevano anche di Pasolini e Berlinguer, che erano tristi. Come se fosse un'accusa, come se tutti sempre avessimo l'obbligo di essere felici, come se la felicità non fosse possibile per il solo fatto che esiste la tristezza. Pasolini rispondeva che al limite si sentiva «mozartiano», Berlinguer si infastidiva «semplicemente perché non è vero».

Lo dico a Nestìn pensando di dargli noia ma vedo i baffi che gli si allargano, insieme alla bocca, e scopro che è così che fa quando gli viene da ridere. Sempre ridendo prende i due telecomandi, li rigira tra le mani in cerca di quello giusto, accende il televisore e cambia canale due o tre volte.

Si ferma quando sullo schermo compare la faccia di Lilli Gruber.

«Tutto bene?» dice Nestìn. «Mi sembra che ha visto un fantasma.»

«Tutto bene» rispondo, «tutto bene.»

E intanto penso che scappare, certe volte, scappare da te stesso non funziona nemmeno se corri forte come Riva.

«Bene» dice l'Ernesto.

Si alza e mi porge la mano, segno che il tempo a mia disposizione è da considerarsi scaduto. Quindi mi accompagna alla porta senza altri commenti, senza cerimonie.

«Dorme a Varese?» dice. «Tra poco farà freddo, veda di non correre.»

Un amore di contrabbando

Questo è un amore di contrabbando, «un giorno tiri calci perché ti vuoi divertire, un giorno ti ritrovi professionista». Il pallone è sempre stato presente nella vita di Riva, ma era più un bisogno che un sogno di gloria. Ci penso mentre viaggio su un vagone Trenord da Laveno verso Varese. In cuffia la sua voce recuperata frugando in rete.

Alla stazione viene a prendermi il Paglia.

Ci conosciamo da vent'anni, non ci vediamo quasi mai. Il Paglia suona bene la chitarra ma soprattutto ha un paio di occhi grandi e celesti, occhi buoni. Suona la chitarra e di calcio non gli è mai importato niente ma è tra quelli che hanno battuto un colpo, quella sera di gennaio, mentre squamavo una spigola dentro il lavandino. Che dolore, mi ha scritto, che dispiacere. Vieni su quando vuoi, facciamo un giro dalle sue parti.

Nel mio giro dalle sue parti incontro almeno cinque persone che giurano di averlo scarrozzato da un campo all'altro, col motorino, durante i tornei estivi, paese dopo paese, a giocare anche due o tre partite per sera perché il Luigi era molto corteggiato, tutti volevano averlo in squadra.

«Ma dammi pure del tu, il piacere è mio: Guglielmetti Dario, detto Guglie, di anni ottantacinque.»

Decido di fidarmi di lui, un uomo alto e secco e rumoroso, radi i capelli, la voce bassa e roca di una vita da un miliardo di sigarette. Scenoso e istrionico come un vecchio attore, il Guglielmetti ha lo sguardo ancora vivace, sfuggente, furbissimo.

Fissa l'appuntamento in un bar di Gornate e dopo i primi convenevoli ci invita ad accomodarci nel dehors, anche se fa un freddo che mi cascano le orecchie. L'uomo è accompagnato da una figlia piuttosto giovane, per essere la figlia di un signore di ottantacinque anni.

«La Ginevra è arrivata tardi» dice, «ne avevo quasi cinquanta. Ma per me tutto è arrivato tardi, che prima c'ho avuto da fare neh.»

Ridacchia e guarda per strada, osserva sua figlia allontanarsi in macchina. Una volta sicuro di non essere visto accende una sigaretta strizzandomi l'occhio.

«Il tabacco mica potevamo permettercelo, roba da ricchi, c'era su un ricarico da far girar la testa. Ho cominciato così, cosa credi, per un vizio, a fare lo spallone.»

Gli spalloni, mi spiega il Paglia, erano i contrabbandieri. Zaino in spalla per l'appunto, su e giù con la frontiera Svizzera. Dice che certi beni erano molto tassati, qui da noi, e dopo la guerra quasi nessuno poteva permetterseli. «La Svizzera» aggiunge «ha sempre avuto un fisco più leggero, diciamo così. In quegli anni era considerata un'attività normale, tanto che gli svizzeri la chiamavano "Esportazione 2". Per loro non era nemmeno un reato.»

«Abbiam cominciato a fumare insieme» riprende il Guglie. «Io già un uomo fatto, qualche lavoretto come tinteggiatore; lui una scheggia che avevi paura a toccarlo, lo chiamavano *el Furzelina*, il Forchetta. E invece aveva una forza... Quel periodo lì lavorava in officina per due soldi e io me lo portavo in Isvizzera a trafficare in sigarette, per arrotondare qualcosuccia.»

A me risulta che Riva facesse il meccanico, però qualche anno dopo, a Legnano. Decido allora di interromperlo.

«Mi scusi, da quel che so lavorava alla Slimpa, in quegli anni. Ha presente la Slimpa? Producevano bottoniere per ascensori.»

Dolorosamente sconcertato l'uomo si rivolge al Paglia: «Ma *chi l'è chess-chì*, un finanziere?». Poi, rivolto a me, sputando una nuvola di fumo: «Io ti sto parlando di come si stava al mondo, chi se ne frega se era prima o se era dopo o se era durante. Non far la mammola, per piacere. E vedi di darmi del tu».

L'uomo si abbandona sullo schienale e si concede un tiro più lungo, quindi riprende a parlare. «Invece l'era forte eccome, il Luìs. Tieni conto che avevamo su trenta chili di roba, certe volte quaranta. Cioccolata, sigarette, zucchero, orologi, burro, caffè. Io i sentieri li ho fatti tutti: in canotto sul fiume, a remi sul lago. Il più tosto era il Sasso Gordona, un monte alto così, ma lì i finanzieri non si davano chissà quale disturbo, nel venire a cercarci. Col Luigi invece facevamo Ponte Tresa, sul fiume. Cento lire qua, duecento là: è così che mi son preso la Lambretta. Lui aveva quattordici o quindici anni, dava una mano in casa, poca roba.»

Si sporge verso di me, i suoi occhi si muovono veloci a destra e a sinistra: «Facevamo i contrabbandieri, *t'è capì*? Eravamo i pirati dello Stresa».

Gli chiedo se non fosse pericoloso, se non avessero mai rischiato di essere presi, se l'idea non li spaventasse.

«Certo che avevam paura, i finanzieri su e giù coi fucili in spalla. Ma boia se ci sentivam vivi. Col Luigi abbiamo fatto cose piccole, eh. Le guardie ci vedevan con quelle facce da poveri, magri come scope, e si giravan dall'altra parte. Lui ha smesso quasi subito, quando ha iniziato a ingranare col pallone.

Io no, io son tra quelli che han continuato anche quando le leggi si sono inasprite, anche quando hanno iniziato a spararci dietro. Una volta mi han fermato, mancava un pacchetto a fare 15 chili. Un pacchetto pesava 20 grammi, sotto i 15 chili avevi una denuncia a piede libero ma non scattava l'arresto.

Dopo è finita all'improvviso, cosa sarà stato, il '71, il '72. Il franco svizzero è aumentato uno sproposito, non conveniva più. A ogni modo, in quasi vent'anni, tutto quello che ho guadagnato non lo dico mica, sennò mi tassano ancora adesso.»

Ride il Guglielmetti, una risata grassa e profonda che infine diventa tosse.

«Avevano una squadretta lì a San Primo, la squadra dell'oratorio. Luigi l'aveva voluta chiamare Piccolo Brasile ma lui di brasiliano non aveva nulla, neh. Lui cercava il contatto, aveva bisogno del contatto. Metteva il braccio largo, ti dava un colpo d'anca e ti superava in velocità. E dopo *bum*. Non era un sinistro, era una frustata, hai presente il rumore di una frustata?»

Gli dico che sì, ho presente.

«Si girava per gli oratori» riprende lui, «Besozzo, Gavirate, Gemonio. Lo portavo in Lambretta da un campo all'altro. C'era anche da fare a botte, cosa credi. Te adesso mi vedi così, ma vedi bene che ero un marcantonio, mi facevo rispettare. Mi piazzavo sulla porta degli spogliatoi e facevo dire in giro di venire a parlare con me, se c'eran dei problemi, ché quelli bravi li prendevan di mira anche fuori dal campo.

Era sempre il più piccolo il Forchetta, ma non c'era modo di stargli dietro. Alla terza partita, due ore di gioco sulle gambe, era comunque il più fresco di tutti. Aveva una voglia. Soldi pochi, eh, quasi niente, qualche cento lire ogni tanto. La chiamavamo Coppa Formaggio, Coppa Prosciutto. Si vinceva quella roba lì. Sennò uova e galline, quella roba lì insomma.

Quando lo riportavo a casa dovevo lasciarlo due vie più giù, ché la Edis non mi poteva nemmen vedere. In generale non vedeva granché bene tutta questa storia del pallone. Soprattutto pensava lo portassi a rubare, con tutto quel cibo in giro per casa. Ricordo una volta che le ho detto "Non si preoccupi, signora, siam gente perbene noialtri, siam mica ladri, siam contrabbandieri!".»

Al bar c'è solo una persona che lavora dietro il banco e il Guglielmetti Dario, di anni ottantacinque, da queste parti si muove con disinvoltura.

Domanda se vogliamo bere qualcosa, alza una mano e ripete l'ordinazione ad alta voce: una spremuta d'arancia per il finanziere, un caffè per il Paglia, e un *solito* per lui.

Accende un'altra sigaretta, riprende a parlare: «Poi dopo ero dirigente di una squadra a Gemonio e gli ho chiesto di venire a giocare con noi. Ma la Edis lontano non ce lo voleva. Che poi, lontano, saran dieci chilometri».

Vedo il Paglia sorridere con quei suoi occhi da buono. Dice che lo diverte pensare a quanto si somiglino, almeno un poco, tutte le madri di tutte le epoche.

Sorrido anch'io, poi provo a spostare la conversazione su quella che per me è una zona d'ombra: «Ho letto da qualche parte che arrivò una cartolina dall'Inter, un provino per le giovanili».

«Ti ho capito a te, a te ti piaccion le cose precise. In paese ne parlavan tutti ma ti dico questo: io ero lì e non ci ho capito niente. Se la Edis si è messa di traverso, se il Luigi aveva già un accordo con il Laveno, non si capiva. Provino però non ne ha mai fatto. Alla fine è andato al Laveno, tre chilometri da casa. Certe volte scappava dalla fabbrica per arrivare in tempo agli allenamenti. Saltava un muro dove dietro c'era la bicicletta, e i colleghi gli coprivano qualche turno.»

«E allora lo vedi che lavorava in fabbrica?»

Stavolta viene da ridere anche al Guglielmetti: «Schifoso di un finanziere» dice. Poi tossisce ancora, spegne la cicca, precisa che i soldi non erano granché: ventimila lire d'ingaggio e l'abbonamento del bus, più duemila a punto come premio partita. Ma tra la fabbrica e il pallone le cose cominciavano a mettersi in un certo modo.

«Per poco la Edis non le prende un colpo quando il Luigi le regala un televisore. Era l'unico in tutta Leggiuno, tolto quello del bar.»

Riva al Laveno gioca due stagioni tra i dilettanti, in prima categoria. Luigino, Luìs, Furzelina. Potevano chiamarlo come volevano ma una cosa non cambiava mai: il gol. In due anni sono quasi settanta. Troppi per il bomber contrabbandiere, troppi per rimanere confinato in paese. Non ha nemmeno diciotto anni quando bussa il Legnano.

Parlo al Guglielmetti dell'intervista che ho sentito in treno, la voce abrasiva di un Riva ragazzo che smorza ogni possibile dimensione epica: "Non saprei dire come si diventa professionisti. Ti ci ritrovi, ci vuole anche un po' di fortuna".

L'uomo scuote piano la testa: «Come no» dice.

Il barista si avvicina al tavolo: spremuta, caffè e grappino aromatico.

«Certo te sei proprio un tipo preciso. Spremutina, vitamina C, le domande giuste da finanziere.»

Non ci ho mai fatto caso in effetti: sono un tipo preciso?

«Ti conosco poco ma, vedi, sulle prime impressioni non sbaglio quasi mai. E te sembri uno che ha bisogno di lasciarsi un po' andare. A cosa ti serve essere preciso?»

«A raccontare per bene qualche storia, credo.»

«E vuoi essere preciso, per raccontare questa storia? Cosa vuoi farne, un'enciclopedia? Un dizionario?»

E qui mi blocco perché non so rispondere.

«Oppure un romanzo, un romanzo d'avventura. Io te lo dico, non so granché su come si raccontan le storie ma ogni tanto, come stiam facendo oggi, qualcuno mi chiede di raccontare la mia. E vien fuori sempre un po' diversa, sai, dipende da come me la sento di giorno in giorno. Ma l'unica cosa che so è che le storie vengon bene anche da storte, hai capito? C'è mica bisogno di esser precisi, basta averci un po' di questo» e mentre parla si indica il petto sul lato sinistro. «Se ci metti questo diventa tutto vero, anche quando è vero solo in parte, o quando è finto del tutto.»

Si ferma, mi osserva.

«Ma te mi sembri uno che non si sa decidere, uno che ha qualche pensiero di troppo. Hai qualche pensiero di troppo?»

«Ho dei pensieri, sì.»
«E che pensieri avresti, maresciallo, sentiamo.»
«Ho fatto un incidente con la macchina, ho il paraurti tenuto con lo spago.»
«Non far la mammola, su.»
«E poi mi cercano i carabinieri, e non so perché.»
«Tra colleghi finirete per intendervi.»
Il Guglie tossisce, il Paglia sorride, io bevo un sorso di spremuta: è aspra e mi rimane la polpa tra i denti.
«Tu lasciati andare di tanto in tanto, dai retta al vecchio Guglie, affronta un pensiero alla volta e dopo lasciati andare.»
«Mi dicevi di Legnano.»
«Giusto, Legnano. A Legnano ci è andato con la Fausta, che poi praticamente gli ha fatto da madre. Vivevano insieme, si era trovata anche lei un impiego a Legnano.»
I suoi occhi sfuggenti per un momento si fermano, guardano dritto nei miei: «Questa me la ricordo, visto che a te ti piaccion le cose precise: era il giugno del 1962. E lo sai perché me lo ricordo?».
Si ferma ancora il Guglielmetti, manda giù un sorso di grappa, schiocca la lingua sul palato. La domanda non ha l'aria di una domanda e pertanto lui non si aspetta risposta.
«Perché a luglio l'è morta la Edis. Che disastro. Al funerale nemmen le sorelle. La Lucia era incinta grossa, la Fausta in ospedale per un brutto incidente che a momenti ci resta pure lei. E il Luigi lì, da solo, dietro il feretro. Brutta bestia neh, la solitudine. Dopo non l'ha visto più nessuno. Tre giorni interi. Sparito. Né visto né sentito. Brutta bestia, sì, davvero.»
L'uomo si inumidisce le labbra con un sorso stavol-

ta meno deciso. Per un momento abbandona le sue pose, o comunque sembra smarrire quell'aria spaccona e ridanciana.

«Io l'ho visto tornare dal collegio e l'ho visto tornare da quei tre giorni lì. Ti dico: la differenza si vedeva, si vedeva eccome. Dopo il collegio era tosta ma aveva come il bisogno di riprendersi, come posso dirti, di riprendersi quegli anni rubati. C'era un'idea, sì, un'idea di futuro. Ma dopo quei tre giorni lì è come se gli si fosse indurita la faccia, quella faccia spigolosa che sembra un pugno, quella che avete visto poi nelle fotografie del Luigi campione. Boia d'una rogna.»

Racconta il Guglielmetti che in serie C Luigi riceve il primo stipendio da calciatore: trentasettemila lire al mese con un ingaggio da centomila.

«A Legnano han preso a chiamarlo Gigi.»Nuovamente si interrompe e mi guarda sornione. «E gli han trovato un posto come meccanico. È lì che gli parte la brocca dei motori, che dopo a Cagliari si è fatto la Dino. Bella bestia la Dino, una cabrio come si deve. Io nel mentre mi ero preso la prima Guzzi e di tanto in tanto andavo giù a Legnano a vedere qualche partita. L'era *semper el picinin* ma li faceva dannare. Non aveva più bisogno dei miei passaggi, o della mia protezione, o di far scorribande sullo Stresa. Ci vedevamo qualche sera, le volte che tornava a Leggiuno. Grazie a Dio sono un chiacchierone ma passavamo le ore senza dire granché. Eravamo solo contenti di ritrovarci, cos'altro dovevam dirci?

Io son rimasto poi nel calcio dilettantistico, continuavo a dire la mia. Sì, insomma, non per cantarmela, ma in provincia la gente mi dava retta, neh. Ricordo che ho parlato con Galluzzi, il selezionatore delle nazionali juniores, gli ho detto vai a Legnano a vederti questo ragazzetto. E ha preso a convocarlo per le partite dell'Under 20.»

«Sul serio hai conosciuto Beppe Galluzzi?»

«È così importante, per te?»

«L'hai conosciuto o no?»

«Boia, ti sembra che scherzo?»

Spiego al Paglia che Galluzzi è quello che dirà: Riva metteva la testa dove gli altri avevano paura a mettere la gamba.

«E aveva ragione, ti dico. Io non posso dirti che ne ero certo. Voglio dire, è chiaro che per me lui era speciale, però se ne vedevan tanti di ragazzini bravi col pallone.»

Il Guglielmetti mi punta l'indice contro la faccia e continua a parlare concitato: «Ma io son stato con lui sul fiume, gli zaini pieni di sigarette, i finanzieri a far gli agguati, lo Stresa che certe volte aveva una forza da portarti via il barchino e tutto. Sapevo che non era soltanto calcio. La sua era una lotta, te lo dico io, e una ricerca. Una lotta contro la miseria e una ricerca della libertà. Di una cosa ero sicuro, né io né lui ci interessava una vita regolare, non ci importava di esser precisi, per dirtela chiara e tonda».

Andrò via da questo bar pensando a quell'Italia disperata e guascona, al fascino banditesco di questi Robin Hood di frontiera, ogni volta un'avventura, ogni volta una bugia, ogni volta l'adrenalina che sembra che il cuore stia per scoppiare. Andrò via chiedendomi se è questa l'impressione che do, di essere un tizio preciso, dritto, regolare, che non si lascia andare mai.

Ma prima mi viene da chiedere al Guglie com'è andata la sua, di lotta, e la sua ricerca.

«Eh maresciallo, come vuoi che sia andata? Io dopo mi son dovuto piegare. Ho fatto il frontaliero tutta la vita. Due palle, ma due palle. *Avant e 'ndrè* dalla Malpensa a Lugano. Di tanto in tanto portavo giù qualcosa nel doppio fondo del furgone. Roba da niente neh, ché il contrabbando era bello che finito. Qualche orologio quando andavano di moda gli orologi, giusto per sentire ancora il brivido. Il maestro qui mi può capire, che sul palco o al confine son sicuro è la stessa cosa.»

«Insomma» dice il Paglia con quei suoi occhi buoni da chitarrista buono, «a noi male che vada ci tirano i pomodori.»

«Non far la mammola anche te, ché mi hai capito cosa voglio dire.»

Il Guglielmetti si concede un'ultima pausa. Lo sguardo va e viene come se ci fosse una spia nel tavolo accanto. «Solo una volta l'ho fatta grossa per davvero. La Ginevra era già grande, non mi importava più granché di finir dentro. Insomma, te la faccio breve: son tornato giù con due sacche piene di grano, saran stati cinquecento milioni. Te li hai mai visti, tutti insieme, cinquecento milioni? Era il gennaio del '92. Un mese dopo han preso Mario Chiesa.»

Estrema sinistra

Prenderei volentieri il treno ma il Paglia insiste per accompagnarmi a Milano. Dice che ha la giornata libera, che non do disturbo.

«Non ci vediamo mai» dice.

Lungo il tragitto mi chiede se sono soddisfatto delle testimonianze raccolte. È stato lui a procurarmi i contatti e allora rispondo che sì, abbastanza, insomma credo di sì. Ma spero che non abbia davvero voglia di parlarne, non ci vediamo mai.

Invece insiste e domanda cosa sto cercando, cosa voglio da questa storia.

Io me ne sto zitto, divago, faccio melina perché non lo so. Semplicemente non lo so. So solo che mi viene in mente un racconto che ho letto molti anni fa. Non ricordo nemmeno chi fosse l'autore, ricordo solo che nel racconto c'è un bambino che ritorna da una vacanza in cui si è annoiato a morte. O meglio, non si è divertito quanto sua madre cerca di fargli credere. E c'è una sostanziale differenza tra il vero e il falso in questa storia: le parole. Il bambino non conosce abbastanza parole per spiegarsi, per dare un nome al suo stato d'animo, per definire quel tipo di noia o di disagio, e finisce per convincersi che sì, tutto sommato, alla fine si è divertito.

«Mi sento come quel bambino» dico al Paglia, «credo di non avere abbastanza parole.»

Saranno passati quaranta minuti quando ci troviamo di fronte all'uscita per Legnano. Vorrei fermarmi a vedere lo stadio, vorrei chiedere se esiste ancora l'officina dove ha lavorato, dove ha maturato l'idea che andare forte fosse una cosa fatta per lui. Vorrei sapere se il Legnano gioca ancora con le maglie lilla.

Ma non c'è tempo. Subito dopo c'è l'uscita per Rho-Fiera. Poi comincia la città.

«Cos'è 'sta storia dei carabinieri?» mi chiede.

«Eh...»

«Te la sei inventata?»

«No.»

«E allora?»

«E allora non ho idea. Ho trovato questo cartoncino giallo nella cassetta delle lettere, l'altra mattina. C'è scritto "Invito a comparire".»

«E cosa può essere?»

Mi stringo nelle spalle.

«Be', se i carabinieri vogliono qualcosa da te, un'idea te la sarai fatta, no?»

«No.»

«Mmh» e approfitta di un semaforo rosso per guardarmi negli occhi. «E per il resto come stai?»

«Come vuoi che stia, come uno che scappa.»

«Scappare, tu? E da che cosa?»

«Mah, da certi pensieri.»

«È normale, Leonardo, datti tempo.»

«È passato più di un anno.»

«Ma che cos'è un anno? Datti tempo, ti dico, è stato tuo padre per trentanove anni.»

Attraversiamo i viali di questa città che, mi sembra, ha un po' perso il gusto di raccontarsi da sé. Cosa sappiamo di queste strade alberate, di questi quartieri pieni di grazia, di queste macchine parcheggiate sui marciapiedi, di tutte queste vite – cosa sappiamo fuori dai luoghi comuni?

«Senti, e Lilli Gruber?»

Lilli Gruber era la mia fidanzata.

Non si chiama davvero Lilli Gruber, a dirla tutta nemmeno le assomiglia ma ho quest'amica, Giuliana, una vecchia professoressa, che si diverte a dare i soprannomi alle persone che frequento. E noi guardavamo Lilli Gruber quasi ogni sera, ecco tutto.

Ma evito lo sguardo del Paglia e non rispondo, aumento impercettibilmente il volume della radio e non rispondo.

«Non dirmi che...»

«Se vuoi non te lo dico.»

«Ma com'è possibile? Cosa le hai fatto?»

«Niente le ho fatto.»

«Che dire? Non so che dire. Mi dispiace. Tra tutte le sciagurate che mi hai presentato era l'unica che, sì, insomma, era la persona più... una ragazza così... cioè era proprio facile volerle bene.»

«Lo so.»

«Quando alzava lo sguardo, lei che era così timida, con quei suoi occhi giganti, quando alzava lo sguardo sembrava che qualcuno avesse acceso la luce. Ti illuminava, ecco.»

«Mi illuminava?»

«Sì.»

«Lo so.»
«E allora?»
«E allora la vita è carogna, certe volte, sai?»
«Sei sicuro che non le hai fatto niente? Perché se le hai fatto qualcos...»
«Paglia.»
«Eh.»
«È stato peggio che dirlo a mia madre.»

Mi lascia su corso di Porta Ticinese, parcheggia di fronte a un passo carrabile e scende dall'auto per salutarmi. Ingloba il mio metro e settantacinque con la sua stazza imponente.

Non è così più grande di me, ma mentre mi abbraccia sento che potrebbe essere la mia custodia.

«Stai bene» dice, «stai bene.»

Mi perdo alle Colonne che è quasi il tramonto. Mi ci perdo apposta perché le mappe sul telefono avevano già segnalato di svoltare. Solo, con questa luce, come si fa?

Sfido il gelo che mi spacca la faccia e vago tra un agglomerato di palazzine basse: sembra di stare in un borgo. Attraverso un passaggio sormontato da un arco e mi immetto in un vicolo brevissimo e stretto. Il vicolo si allarga su una specie di piazza su cui si affacciano tre ballatoi. Dal civico 72 raggiungo un appartamento grande e buio.

Mi ha spiegato il Paglia che comprare casa qui, oggi come oggi, addio. E questa è l'unica cosa che ultimamente si racconta di Milano, che prendere casa costa caro.

Sono venuto a parlare con Franco Palmieri, giornalista in pensione, il primo che ha scritto di Luigi sottolineando che "il Legnano aveva mostrato delle notevoli possibilità offensive grazie all'innesto del giovane Riva, che ha brillantemente esordito all'estrema sinistra".

Vengo fatto accomodare in un bel salotto anni Settanta perfettamente conservato. I mobili sono semplici e belli: un divano ad angolo, un tavolino da caffè dal design svedese, un altro divano sul lato opposto. Alle pareti due enormi librerie che arrivano al soffitto. Contengono soprattutto romanzi, riesco a vedere moltissimi classici.

Il figlio di Palmieri mi racconta che Franco, per tutta una serie di guai legati a una salute ballerina, non ama le visite e non ama uscire di casa. I vecchi colleghi si ritrovano spesso a pranzo, mi spiega, tutti insieme a raccontarsi le vite e a ricordare i vecchi tempi, quando Milano era Milano e loro ne erano i cantori più ispirati.

Lui non ne vuol sapere. «È che non ha mai accettato la malattia» mi spiega quest'uomo senza che nessuno abbia chiesto spiegazioni. «Ha voluto riceverla solo per parlare di Riva. Nemmeno sapevo che gli era affezionato. L'ho scoperto quando è morto. Non lo vedevo così turbato da quando è mancata la mamma.»

Palmieri compare nel salotto aggrappato a un deambulatore. Indossa pantaloni grigi, camicia azzurra e panciotto bordeaux. Un piccolo tubo di gomma gli spunta dalle narici e finisce attaccato a una bombola d'ossigeno. Attaccato alla bombola c'è poi Ramón, un uomo sui cinquanta dalla figura esile. Accompagna Palmieri stando al suo passo, reggendo la bombola.

Il vecchio giornalista impiega un tempo che mi sembra lunghissimo per attraversare la sala. Faccio per andargli incontro ma «Non si disturbi» dice, «abbia pazienza». Mi sorprende il tono fermo e gentile della voce, che invece immaginavo incerta come la sua andatura.

«Non ha idea di quanto ci si annoi, ad aspettare la morte.»

Palmieri è un uomo dalla corporatura minuta ma dalle forme tondeggianti, con una pappagorgia pendente che vibra insieme al suo respiro. Sorprendentemente, i pochi capelli rimasti a presidio delle tempie, e giù sino alla nuca, sono ancora folti e neri.

«Non sono molto più grande di lui» dice, «anche io avevo appena cominciato, senza contratto né niente. In *Gazzetta* mi mandavano fuori Milano a farmi le ossa.»

Sul tavolino svedese che ci separa Ramón poggia un necessaire con la zip aperta. Si intravede un laccio emostatico, un dispenser settimanale per medicinali, una pomata, un rotolo di garza.

«Se li faceva impazzire? Ma chi le ha detto queste cose? La verità è che si faceva notare, lì all'ala. Così giovane, così pieno di voglia. Ma ha penato per convincere Lupi. Non era un tipo facile, il mister, e la serie C era un campionato di gente che picchia.»

Chiedo a Palmieri se conosce un tale di nome Guglielmetti, dirigente di calcio dilettantistico.

«Mai sentito» risponde, «e guardi che io sono uno che ricorda tutto. Tutto» e nel dirlo rivolge lo sguardo al figlio, che annuisce distrattamente per confermare, con l'aria annoiata di chi ha sentito questo discorso molte volte.

«Ventitré presenze e sei gol. Mica male per la prima stagione da professionista, mezzo calciatore e mezzo meccanico. Mica male per uno che gioca all'ala. Alla fine Lupi si era convinto a schierarlo titolare.

Dopo gli allenamenti capitava che ci fermassimo a parlare, eravamo i più giovani, avevamo questo legame dovuto all'età. Mi colpiva il suo mettersi sempre in discussione, anche quando le cose andavano bene. Poteva sembrare un ragazzo come tanti ma la verità è che era difficile da stanare, timidissimo, arcigno, però sempre educato. Di contro, sul campo, bastava guardarlo per capire quanto il pallone lo facesse stare bene. Dopo otto ore di officina, avvitato nello strapiombo dei suoi fantasmi, all'improvviso la gioia di correre. In campo, almeno in campo, si sentiva libero. Sì, posso dire che in campo era davvero se stesso.»

Squilla un timer sull'orologio di Ramón. «Señor» dice, «eparina.»

Palmieri tira su il panciotto e sbottona appena la camicia. Ramón interviene rapido a pinzare due lembi di pelle con le dita, per iniettare il siero da una siringa usa e getta.

«Mi creda, a me di morire non importa niente. Le giornate passano così: tubi nel naso, buchi in pancia, clisteri, flebo, pastiglie. Dormire saranno dieci anni che non so cosa significa. La notte mi sveglio ogni mezz'ora per andare al bagno.»

Palmieri inizia ad ansimare. Parlare così tanto, mi spiega il figlio, non è più abituato. Il vecchio di nuovo lo indica: «Mi spiacerebbe per lui, ma in fondo anche per lui sarebbe un sollievo. E per il Milan mi spiacerebbe. È una delle poche cose che ancora mi fa stare bene: guardare il Milan alla tv. O male, a dirla tutta, molto più spesso mi fa stare male. Ma è un male di qualità, mi viene da dire, uno star male bene, ecco. Sa cosa diceva Vittorio Sereni?».

Il mio sguardo probabilmente lo spiazza.

«Ha presente Sereni, no?»

«Il poeta?»

«Il poeta. Era uomo di lago anche lui, come Gigi.

Luino e Leggiuno saranno venti chilometri. Sa cosa diceva?»

«Be', diceva un mucchio di cose.»

«Diceva che essere tifosi di calcio è *un oscuro fatto personale*, qualcosa che si annida nell'infanzia. E secondo me ha a che fare con quel tipo di felicità in purezza che è possibile solo quando si è bambini. Peccato solo che Sereni non capiva un'acca di calcio, teneva all'Inter. Ma se ci pensa è così: il calcio, la squadra del cuore, per molti di noi è il primo vero sentimento fuori dalla famiglia. Prima delle grandi amicizie, prima di conoscere l'amore. Credo che restare tifosi di calcio, tifare una squadra per tutta la vita, ecco, credo che sia il tentativo di far durare il più a lungo possibile quel momento di felicità, mi segue? Credo sia quello che intendeva Camus, quando diceva che gli stadi affollati erano gli unici posti al mondo in cui si sentiva ancora innocente. E quindi anche se sto male, quando guardo il Milan, finisce che sto male bene, ecco.»

«Insomma, morire le dispiacerebbe per suo figlio e per il Milan.»

«E per il sushi.»

«Prego?»

«Lo so, fate tutti così. Chi l'avrebbe mai detto, eh, alla mia età. Ma io almeno una volta a settimana devo riempirmi di sushi. I nigiri di anguilla, se l'anguilla è fresca, per quello sì, vale la pena stare al mondo. Sennò mi creda: è una tale angoscia aspettare la fine mangiando corallini in brodo.»

Ansima ancora, si accascia sullo schienale.

Ramón gli misura la saturazione con una specie di molletta sull'indice della mano destra, quindi aumenta l'erogazione dell'ossigeno girando una manopola.

Dopo qualche secondo Palmieri sembra riprendersi.

«Abbia pazienza eh, non sono più abituato a parlare con la gente, ogni tanto divago.»

Gli chiedo cos'altro ricordi di quell'unica stagione, e mi dice senza esitare che gli snodi sono due. Il primo un'amichevole col Milan, che serviva al Milan per fare un po' di scouting al Legnano per tentare di monetizzare senza indebolire troppo la squadra, e ai ragazzi per mettersi in mostra.

«Il Milan era sceso con le riserve ma Gigi era nervoso. Lo stavano picchiando più del solito. Io ero a bordo campo e ricordo Nereo Rocco e Gipo Viani che parlavano fitto. Viani soprattutto non era convinto. Quello lì c'ha un piede solo, diceva, è un attaccabrighe, lasciamo perdere. Ma Gigi non era un prepotente. Solo non se ne stava lì a farsi mangiare la pastasciutta in testa. Insomma un paio di ceffoni son volati, dopo tutti quei calci. Lui c'è rimasto male perché gli sembrava di aver perso un'occasione. Quell'anno lì il Milan ha vinto la Coppa dei Campioni.»

«E l'altro?»

«L'altro che?»

«L'altro snodo.»

«Ah. Italia-Spagna juniores, marzo '63, a Roma. Per me era una specie di viaggio premio, un regalo del direttore per farmi capire che mi teneva in considerazione. La mia prima volta allo stadio Olimpico. Ma per Gigi è la partita che gli ha cambiato la vita. C'era già qualche squadra che gli andava dietro, più di tutte il Bologna, ricordo che Bernardini era andato a parlarci, gli aveva fatto capire che lo voleva con lui. Era un Bologna di alta classifica, eh, quello di Bulgarelli, quello che faceva impazzire Pasolini. Anche la Spal era interessata, e allora la Spal era un bella realtà di serie A. Si era poi mossa la Lazio, ma con meno convinzione. Insomma, c'era in giro un bell'interesse. Il Bologna in particolare aveva fatto un'offerta già in gennaio, ma ballava ancora qualche milione con la richiesta del Legnano, e non se ne fece niente.

Gigi di queste attenzioni sapeva tutto. Però aveva la capacità di farsele scivolare addosso. Aveva le sue ambizioni, è chiaro, e mi diceva che sognava di giocare in serie A. Ma al tempo stesso sembrava non importargli così tanto. Io più di tutto voglio giocare, mi diceva, io pagherei per giocare, mi sembra assurdo che paghino loro.

Quel giorno di marzo poi ha dell'incredibile. C'erano i dirigenti di mezza serie A con le antenne dritte. E invece Gigi mi sbaglia di nuovo la partita. Non erano errori eclatanti, ma non sembrava nemmeno lui. Io ero in tribuna con il commendator Caccia, il presidente del Legnano. Mi confidò di avere praticamente chiuso col Bologna. Aveva appuntamento con Dall'Ara nell'intervallo. Ma Dall'Ara, dopo quel primo tempo lì, cincischia. Anche la Spal non è più convinta, mentre la Lazio si defila del tutto.

Guardi, già allora, nel calcio, i soldi giravano e erano tanti, e le polemiche sugli stipendi dei calciatori erano di dominio pubblico, e la gente si indignava per le cifre di acquisti e cessioni. Insomma si legga un giornale degli anni Sessanta, si discuteva molto di queste cose qui. Il Paese era ancora da ricostruire, le macerie in giro per strada. Certo, non c'era la sproporzione che vediamo adesso. Gli sponsor, l'indotto, le televisioni, gli arabi, i cinesi. Ma adesso è tutto il mondo a essere sproporzionato, adesso tra ricchi e poveri si è spalancato un precipizio.

E insomma in tribuna si presenta questo sardo con gli occhi azzurri, che con il commendatore era molto amico. E così, senza saper né leggere né scrivere, dopo quel primo tempo anonimo Andrea Arrica mette sul tavolo trentasette milioni, che per un ragazzo di 18 anni, le assicuro, era una cifra importante. Con Caccia si stringono la mano, era più che sufficiente.

Poi succede che nel secondo tempo Gigi è un'iradiddio. Corre, dribbla, è una spina nel fianco e segna il gol del 3-2. Subito Dall'Ara si presenta al commendatore: cinquanta milioni cash. Il Bologna avrebbe vinto lo scudetto l'anno dopo ma una stretta di mano, tra gentiluomini, è una stretta di mano. E si dà il caso che il commendatore fosse un gentiluomo.

Sul treno per Milano viaggiamo tutti e tre insieme: Caccia, Gigi e il sottoscritto. Be', Gigi era furibondo. Della Sardegna non voleva sentir parlare. Ma era un tempo in cui i calciatori erano come i pacchi postali, o come i militari: andavano dove venivano mandati, non avevano voce in capitolo.

Col Caccia era stato durissimo. Si immagini un ragazzino di quell'età, serio come un ministro, schietto come un meccanico, pieno di dignità, a parlare con un uomo fatto, ricco, potente. Ci vuole un bel carattere. Gli aveva fatto capire che piuttosto avrebbe smesso di giocare.

Ci siamo visti spesso nei mesi seguenti, sapevamo che sarebbero stati gli ultimi prima che la vita lo portasse altrove. Mi creda, non si dava pace. Lo avevano corteggiato club di prima fascia, città importanti, nemmeno troppo lontano da casa. L'aveva spuntata la squadra di un'isola che ci sembrava ferma nel passato, una squadra che non era nemmeno mai stata in serie A.

Tutta quella rabbia deve averlo ricaricato, perché a fine stagione, in Inghilterra, al torneo Uefa per nazionali juniones, fa cinque gol in cinque partite. Dopo era venuto su anche Arrica, a Legnano, ma niente da fare, per Gigi la Sardegna era fuori discussione.»

«Mi parli di lui, di Arrica. Che tipo era?»

«Arrica l'ho conosciuto meglio, in quei giorni. Era una persona paziente, calma, ma molto determinata e con un certo gusto per l'avventura. Fece una mossa più da padre che da dirigente sportivo. Conosceva la storia di Gigi, capiva la sua inquietudine. Allora gli propose di dare un'occhiata, di provare. Se non si fosse trovato bene sarebbe tornato in Lombardia. Gigi mi disse che avrebbe preferito andarsene a Leggiuno a fare il contrabbando. Accettò solo per educazione, con l'idea di farsi rispedire su il prima possibile.»

«È stato il suo unico no che è diventato un sì.»

Palmieri ci pensa, ride: «Be', lo stiamo ancora aspettando».

C'è una strana luce negli occhi delle persone che mi parlano di lui, come una forma velata di esaltazione, un certo gusto nel voler tramandare, un ripescare nella memoria la parte migliore di sé.

Palmieri chiede al figlio di andare a prendergli qualcosa ma non capisco cosa. Seguono pochi secondi di imbarazzo durante i quali io non so che cosa dire, Ramón scrolla sullo smartphone, e Palmieri ne approfitta per rifiatare, la testa riversa sul bordo del divano.

Il figlio si presenta con un album di pelle marrone che il vecchio giornalista mi invita a sfogliare. Sono foto in bianco e nero di un Palmieri irriconoscibile. È il figlio a indicarmelo in una foto di gruppo tra i colleghi. Con un cenno della testa l'uomo mi invita a sfogliare ancora. Ci sono foto di campo, vedo Riva ragazzo accanto a lui, prima in tuta e poi in borghese, al tavolino di un bar.

E all'improvviso mi prende una tenerezza. Verso quest'uomo infermo e verso il ragazzo che è stato; verso il Riva diciottenne così pieno di speranze, così pieno di paure, così incredibilmente ossuto; e verso me stesso, seduto sul divano nella casa di un vecchio, a parlare di un uomo che non ho mai conosciuto e che è diventato famoso perché giocava bene al pallone, nella squadra della mia città, vent'anni prima che io nascessi.

Ma se il calcio è quella cosa che dice Sereni, o che dice Palmieri, forse questa selva che è il mio viaggio, questa ricerca, al limite questa fuga, comincia a sembrarmi un filo meno oscura. Forse, come qualche volta succede, abbiamo bisogno di vederci negli specchi degli altri, di camminare con le loro scarpe, di osservare le loro cicatrici, per capire che – in qualche misura – gli altri parlano di noi.

«Vi siete frequentati per meno di un anno, una sessantina di anni fa. Perché si sente così legato?»

Palmieri sospira. «Per l'energia, credo. Era attraversato da un'energia, sì, da un'energia misteriosa. E aveva un carattere, un carisma silenzioso. Era un ragazzo-uomo. Se conoscevi la sua storia non potevi restare indifferente. Aveva una dimensione tragica, in un certo senso, che penso sia la cifra degli orfani.

Sarà che abbiamo cominciato insieme, così pieni di sogni, così inadeguati... lei non si è mai sentito inadeguato, da ragazzo? Eppure abbiamo sempre creduto che ce l'avremmo fatta. Di quegli anni mi ricordo...» si interrompe, alza una mano come per mettermi in guardia.

«Guardi, ormai lo avrà capito, io non sono un sentimentale. Ma quella Milano lì, quegli anni lì, sembrava davvero che il futuro fosse di tutti. La Milano di Jannacci e Piero Manzoni, la Milano delle bische e dei jazz club. Enzo è stato il mio dottore per un periodo, sa, andavamo spesso a vedere il Milan insieme. Una volta mi ha chiesto il telefono di Rivera per fargli uno scherzo. Gianni giocava poco e male, era uno dei suoi periodi no. Enzo lo chiama e si finge un emissario dei Cosmos per l'Europa. Ha presente i Cosmos? La squadra di New York dove Pelé ha chiuso la carriera. Insomma, gli offre una cifra indecente per trasferirsi in America e Gianni a momenti gli dice sì. Poi si corregge, prima vuole pensarci.

Guardi che Jannacci era terribile. Quando entrava nel personaggio non c'era modo di capire se era lui, se era un altro, se scherzava, se era serio. Lo chiama altre due o tre volte. Be', hai deciso? Pelé non vede l'ora. La cosa si spinge al punto che Gianni ne parla in società: mi vogliono i Cosmos, qui o mi fate giocare o me ne vado con Pelé. Va a finire che gli aumentano l'ingaggio per non farlo partire. Non ho mai avuto il coraggio di dirgli niente, né a lui né a quelli del Milan.

Enzo era così, era capace di tutto per un guizzo, per una risata. Ma sapeva anche commuoversi per una cosa da niente, per una strada deserta all'alba in un mattino d'inverno, per un cane scheletrico che rovista nella spazzatura. Se fosse vivo gli chiederei di farmi una bella pera di qualcosa dritta in vena, e di mandarmi al creatore. Magari dopo un bel derby.

Ma mi sono un po' perso, eh? Cosa mi aveva chiesto?»

«Dicevo: perché si sente così legato?»

«Be', in parte le ho detto. Ma c'è qualcosa d'altro in

effetti. Quando Gigi è diventato un campione ci siamo rivisti una manciata di volte. Ogni volta che il Cagliari veniva a giocare a Milano andavo a salutarlo in albergo e lui mi dava sempre due battute, solo a me, per scrivere il pezzo. Be', non ha mai detto una cagata. Ma non solo nelle mie interviste. Parlava poco, è vero, però quel poco era sempre giusto, pulito, semplice. Attenzione: non banale, semplice. E le sembra niente in un mondo di gente che venderebbe la madre pur di sparare quattro cazzate davanti a un microfono?»

Socchiude gli occhi come a volerci pensare meglio.

«Vede, quello che diceva aveva la stessa potenza di quello che non diceva. Sembra impossibile ma la sua è stata la parabola di un uomo che odiava la retorica pur essendo attraversato dall'epica. Uno che non ostenta o millanta, uno che quando ha potuto ha sempre tolto, un irregolare per sottrazione. Ricordo una volta che gli ho chiesto di raccontarmi quel gol al Vicenza. E lui: mah, niente, l'ho già raccontato tante volte. Ho visto la palla arrivare, l'unico modo per colpirla era alzarmi in rovesciata. Ci ho provato, l'ho presa, mi è andata bene.»

Squilla un timer. Stavolta è il telefono di Palmieri.

«Uè, tra poco inizia Milan-Empoli, se si vuole trattenere non faccia complimenti, a me fa solo che piacere. Magari ordiniamo un sushetto, eh? Gliel'ho detto, no?, io vado matto per il sushi.»

Fuori tempo

Fuori diluvia. La pioggia batte sui vetri con una forza a cui non siamo abituati in questa città dove non piove mai, dove la pioggia al massimo dura qualche ora, non di più, prima di concedere una tregua o un momento in cui il cielo si apre e le nuvole si diradano. Ma stamattina il cielo resta chiuso nel suo grigio lattiginoso. E quando il cielo è chiuso, i pensieri mi rincorrono.

Paolo Conte sparato in cassa dice che è passato del tempo, è vero, ma lui ce l'ha nel sangue ancor.

Sbollento due mazzi di cicoria e mi sembra che proprio non c'è scampo. Questa casa, questi gesti. Tutto mi morde le caviglie, tutto mi fa stare in agitazione, tutto fa un po' male.

Nella cicoria c'erano due lumache, sono rimaste sul fondo del lavello e adesso si stanno arrampicando lungo il rubinetto. Le prendo in mano, apro la finestra, le poggio sull'edera che sale dal piano di sotto. La pioggia vi porterà da qualche parte, penso, o magari chissà, vi darà in pasto a un merlo.

La casa è un campo minato, ogni angolo un'imboscata, in mezzo ai libri biglietti e fotografie, nei cassetti post-it e messaggini, roba minima, piccole attenzioni, la stoffa di cui sono fatti i giorni.

Buongiorno scemo, svuotato lavastoviglie, così non rompi.

Ciao mostro, passa una buona giornata e fai un sorriso al tuo papà.

Scolo soffriggo spadello. Un odore di olio agliato si diffonde per la casa. Inspiro. Espiro. Mi calmo.

Ma questo magone non passa.

E se avesse ragione il Guglie?

Un pensiero alla volta, lasciarsi andare.

Mi faccio forza e telefono al numero sul cartoncino con su scritto INVITO A COMPARIRE, ma in caserma non risponde nessuno. Squilla, ma non rispondono.

Infilo il cappotto, esco, cammino verso la caserma indicata nell'invito. Dopo cento metri sono già zuppo ma la caserma è vicino a casa, e io odio gli ombrelli.

Sul cartoncino c'è un numero di pratica: 0987-143-071. Cioè, in una caserma dei carabinieri esiste una pratica con su questo numero, che corrisponde al mio nome.

Di tanto in tanto corro con la macchina, lo ammetto, ma solo quando parte una playlist che richiede un po' di voce. Non è che mi piaccia correre, è che mi distraggo, canto. Anche se non so le parole, canto.

Può essere questo? Può essere una multa?

No. Per le multe c'è l'Agenzia delle entrate. E non avrei mai pensato di rimpiangere una lettera dell'Agenzia delle entrate, una di quelle belle raccomandate con ricevuta di ritorno che pesano un chilo, un chilo e mezzo; ma ci sono vicinissimo.

Arrivo in caserma e dico buongiorno.

Dal gabbiotto non solo non rispondono, nemmeno mi guardano.

Sbircio oltre una porta e vedo un ufficio completamente disadorno se non fosse per le due foto appese al muro: riconosco in verticale il presidente della Repubblica e in orizzontale il Cagliari dello scudetto.

«Di nuovo buongiorno» dico, «mi scusi ma sono qui perché ho ricevuto...»

«L'ho vista, l'ho vista, veda di stare calmo. Adesso ho da fare ma l'ho vista. Si sieda intanto, si sieda.»

E mi siedo. E sono tutto bagnato. E penso a Gigi Riva e al suo rapporto controverso con l'autorità. Riva in collegio e la sua disobbedienza civile, il suo muto dissenso, le sue fughe, la sua insubordinazione, la sua allergia alla rigidezza di certe regole. Gli incubi che torneranno a fargli visita durante l'anno di leva. Il CAR a Siena insieme a Zoff e il trasferimento a Bologna presso la Compagnia atleti, dove trovano Giorgione Chinaglia. La vita militare lo incupisce, gli sembra di essere tornato in collegio.

Il carabiniere mi fa cenno che adesso possiamo parlare. Lo osservo, un ragazzo sui trenta ma mal portati, gli occhiali da lettura legati al collo con un cordino che sembra arrivare da un'altra epoca. Mi alzo, mi avvicino, consegno il mio invito provando a spiegare, chiedendo rassicurazioni sul fatto che ci dev'essere un errore ma «Guardi, Carboni» dice il militare, «faccia la cortesia, stia zitto un po'».

L'uomo alza il ricevitore di un telefono fisso e preme due soli tasti: «Allora, abbiamo qui il Carboni, sì, 0987-143-071. Mmh, capisco, grazie».

Abbassa il ricevitore e per la prima volta mi guarda

negli occhi. «Il collega che se ne occupa non è in servizio. Deve ripassare.»

«E quando?»

«Quando sarà di turno.»

«Ascolti, con tutto il rispetto, ma questa storia mi sembra già abbastanza assurda. Lei non ha modo di dirmi qualcosa?»

«Carboni, veda di stare tranquillo, ha capito?»

«Abbia pazienza ma io tranquillo non mi ci sento.»

«Quelli che non sono tranquilli, di solito, hanno qualcosa da nascondere.»

«E invece, guardi un po', io vorrei solo capire.»

L'uomo si toglie gli occhiali e si alza in piedi. Avvicina la faccia al parlatoio del gabbiotto e dice: «Senta, Carboni, se i carabinieri vogliono qualcosa da lei, lei una qualche idea se la può fare anche da solo, no? Adesso vada, faccia il favore, e torni in un altro momento».

«Ma in un altro momento quan...»

«Vada, le ho detto! Se-ne-va-da.»

Rimango sempre senza parole di fronte all'esercizio disinvolto del potere. Specie se residuale, miserabile, ridotto in briciole. Che sia un carabiniere indolente o un cameriere dispettoso. Nel tempo mi sono convinto che il potere non dovrebbe esistere. Nemmeno il merito. Dovrebbe esistere il bisogno come unico criterio: chi ha bisogno, chi è nei guai, be', tocca a lui per primo.

Il fatto è che il potere è capace di umiliarci, di farci sentire piccoli piccoli e schifati e soli al mondo. Mi torna in mente il periodo della malattia di mio padre, quando ci siamo sentiti alla deriva, mal sopportati da certi medici, vessati dalla crudeltà ottusa di certa burocrazia, abbandonati perché senza speranza.

Cosa farebbe Gigi Riva?

Direbbe magari una frase delle sue, tre parole semplici e secche, una sentenza, una fucilata, un tiro mancino.

Oppure forse starebbe zitto, zitto e in piedi, basta uno sguardo, basta quel suo charme impetuoso fatto di silenzio presenza prestigio.

"Senta, gli investigatori siete voi, sapete dove trovarmi." Giro i tacchi e me ne vado sbattendo la porta, facendo tremare i vetri, lasciando di sasso il carabiniere indolente nello squallore del suo merdosissimo gabbiotto.

Così avrei fatto se mi fosse venuta in mente quella battuta. O se fossi davvero Gigi Riva. Ma le battute migliori arrivano sempre fuori tempo massimo.

«D'accordo, mi scusi, buongiorno» ho detto invece.

Fuori piove ancora forte e a me non sembra giusto. Starmene qui tutto bagnato coi carabinieri che mi invitano e non mi ricevono, e che però insinuano. Non mi sembra giusto, ecco.

Dovrei sentire il mio avvocato e capire cosa rischio, quale può essere il problema o anche solo cosa sia un invito a comparire. Solo, non ce l'ho, un avvocato.

Mi piacerebbe essere quel tipo di persona sofisticata al punto da avere un avvocato sempre pronto da chiamare, a qualsiasi ora. Ma di base sono uno che canta in macchina e salta la cicoria con aglio e olio.

Nelle situazioni più scomode chiamavo mio padre, anche se nemmeno lui era il tipo di persona da avere un avvocato. Però era il tipo di persona che manteneva la calma e dava l'impressione che tutto sarebbe andato per il meglio. Male non fare, paura non avere.

Adesso certe volte chiamo mio fratello.

"Claudio, ciao, mi aiuti a mettere due tasselli? Sì, un

paio di mensole, una libreria, un lampadario, una rastrelliera per la bici, il paraurti della macchina."

Mi aiuti lascerebbe intendere che sono cose che facciamo in due, ma il mio contributo consiste nel tenergli compagnia, aprire qualche birra, bere da solo perché lui è lì che armeggia con un cacciavite in mano.

«Pronto, Claudio? Ciao, come stai? No, non ho bisogno del trapano. Mi sa che devo trovarmi un avvocato.»

Omero e Sandokan

«Tenga, guardi, andavo ancora a scuola, avevo sedici anni.»

La donna mi allunga il telefono su cui compare una fotografia di se stessa ragazza.

«Ero bellina, vero? Attilio, ero bellina? Diglielo a questo giovanotto.»

Attilio è il marito di Eleonora Marongiu, detta Nora, che puntella la domanda con sottili gomitate nel costato di lui. Sono seduti fianco a fianco su un divano giallo in ecopelle. Attilio annuisce alla terza gomitata.

«Eh, già» conviene tra sé Eleonora Marongiu, «ero bellina.»

Nel piccolo soggiorno entra una luce poderosa da una portafinestra che affaccia su un ampio balcone al sesto piano di una palazzina residenziale. Cagliari, quartiere La Palma. È la luce di un pomeriggio appena cominciato.

Dalla poltrona su cui siedo, anch'essa gialla, anch'essa in ecopelle, riesco a vedere una porzione di cielo azzurrissimo e bello.

Nora indossa una gonna grigia lunga al ginocchio e un dolcevita nero su cui risalta una collana in oro giallo, elegante e sottile. Sull'anulare destro un anello con una pietra che potrebbe essere un rubino, se solo ne sapessi qualcosa di pietre preziose.

La sua postura è dritta, austera, in aperto contrasto con quella di Attilio, che ogni tanto sembra assopirsi: è chiaro che gli ho fatto saltare la pennica.

«Ha mangiato? C'è ancora poco poco pastasciutta rimasta da pranzo, se vuole gliela scaldo.»

Non ho mangiato, esito un secondo ma non voglio dare disturbo, sono qui per fare altro. Ringrazio e rifiuto, le chiedo piuttosto di raccontarmi quello che sa.

«Andavo ancora a scuola ma mia madre, il pomeriggio o la sera, mi portava con lei a lavorare in foresteria. Più che altro rassettavamo, qualche volta facevamo da mangiare ma loro cenavano quasi sempre al ristorante. Si immagini, vivevano tutti insieme. A pensarci oggi è incredibile, no? Calciatori professionisti che dividono casa come studenti fuori sede. Ognuno con la sua bella stanza, eh, ma bagno e cucina erano in comune. Poi c'era anche un soggiorno bello grande dove giocavano a carte. E un casino, mio Dio, un casino! Una puzza di sigarette! Ma cosa vuole, erano ragazzi. Pensi che una volta entro in camera di Zignoli per rifare il letto e il letto non c'era. Quei lazzaroni gliel'avevano fatto sparire. Lo avevano calato dalla finestra giù in cortile.

Erano ragazzi, poco più grandi di me. E poi erano sportivi. Ed erano scapoli, ché gli ammogliati avevano case per conto loro. Ohia, non mi faccia parlare. Però mi dica lei: cosa fanno i giovanotti da che mondo è mondo? Inseguono le ragazze belline...»

A Nora viene da ridere e si ripara con una mano davanti alla bocca.

«Ma io avevo mister Calamosca, qui, che stava cominciando a farmi il filo.»

Calamosca è un vecchio quartiere ai piedi di un colle a picco sul mare. Un luogo da sempre uguale a se stesso per via delle caserme e delle enormi aree militari interdette al pubblico. Un quartiere di quattro case che sembra fermo a settant'anni fa, il quartiere di Attilio, che per la prima volta sorride e annuisce.

Attilio porta una tuta Givova neroverde, babbucce a polacchina con una fantasia scozzese a quadri. Appena comparso nel soggiorno sua moglie si è messa a urlare: «Ma come ti sei vestito? Già lo sai che non ti sopporto vestito in canadese. Ajò vai e cambiati, che c'è gente».

Da queste parti, ma non dappertutto, non in tutta l'isola, piuttosto a Cagliari e in generale nel Sud, la canadese non è una tenda, è una tuta da ginnastica. Nessuno ne conosce con esattezza il motivo. Secondo alcuni le prime tute da ginnastica, le prime mai viste a queste latitudini, erano quelle dei canadesi in tempo di guerra.

Comunque sia, Attilio, la canadese se l'è tenuta.

«Gigi i primi giorni aveva un'aria... come le posso dire? Era gentile. Timido. Si vedeva che era spaesato, che era un ragazzino, che aveva il passato che aveva. Ma le dico, tutti ne avevano riguardo. I compagni, i dirigenti, lo staff, in particolare il vice allenatore. La verità? Anche per strada faceva simpatia, al ristorante, al mercato. Aveva una strana indole che si faceva voler bene. Era distante e vicino allo stesso tempo. Poi, certo, i modi erano quelli di quei tempi, a volte anche un po' ruvidi, spesso pieni di un'ironia che poteva sembrare cattiva, se uno era permaloso. Ma è il modo di scherzare che abbiamo qui. E lui si sapeva difendere bene, aveva i nostri stessi codici.

Erano giovani, lontani da casa, ma lontani per dire lontani: non c'era il treno che in mezza giornata ti riporta al paesello, o il telefonino che puoi vedere la famiglia quando ti pare. Gigi è arrivato qua con un aereo a elica che ha fatto scalo prima a Genova e poi a Alghero, capisce?» Eleonora sospira e poi conclude: «Erano qui, ognuno con la sua solitudine, e sono diventati famiglia».

Sento un rumore che sembra una specie di scricchiolio, come qualcosa che sfrega o striscia ma che sfregando emette un suono stridulo. È Attilio che si muove sulla finta pelle del divano, si sporge appena verso di me ed emette un sibilo: «In verità» il suo tono di voce è talmente basso che anche io mi sporgo verso di lui, «in verità la prima volta è venuto giù con sua sorella. Erano andati a prenderlo in *cambarada*, in cricca. C'era Arrica, c'era Longo, l'argentino, e c'era la moglie di Longo. Longo era il capitano, un signore, un signore vero, mi creda. A parte quella volta che a Empoli non voleva uscire dal campo. Lo avevano espulso per proteste, no? E niente, non voleva uscire. È dovuta intervenire la forza pubblica, non riuscivano a tenerlo. Tanto già era piccolino... È finita che ha dato una *tzugata* in faccia a un poliziotto e lo hanno portato in questura per aggressione. Per il resto era un signore, già lo avrò portato in macchina due volte. Sempre educato. Un signore».

«Attilio faceva l'autista per il dottor Arrica» interviene Eleonora, «ci siamo conosciuti così. Alla fine a stare dietro al Cagliari c'era da lavorare per un mucchio di gente.»

«Longo» prosegue Attilio «se lo accudiva come un fratellino. La moglie poi si era presa Fausta sottobraccio e le aveva fatto vedere la città. Le ho accompagnate dappertutto. Era rimasta colpita dal palazzo della Rinascente. Ma secondo me è stato Omero a convincerlo.»

«Prego?»

«Omero Tognon, il vice. C'era anche lui in aeroporto. È lui che lo ha segnalato a Sandokan e Sandokan che lo ha segnalato ad Arrica.»

Sandokan era il soprannome di Arturo Silvestri, di professione allenatore.

«Omero ci sapeva fare con i giovani. Quello era un mondo dove i maschi, soprattutto i maschi, dovevano sempre mostrare i muscoli. Non dico nello sport, ma nella vita. Anche se facevi l'impiegato, il verduraio o il professore, mica potevi farti vedere incerto, timido, o peggio sensibile. No, dovevi dimostrare di avere i muscoli.»

Attilio ha una cadenza cagliaritana molto marcata e maneggia quel tipo di ironia che utilizza il poco per indicare il molto, il piccolo per indicare il grande. Si concede qualche incursione nel sardo quando vuole colorire il lessico, per il resto ha il dominio di un italiano per lo più elegante, calmo, a tratti profondo.

«C'erano certi ragazzini come Gigi, secchi come lische, spauriti, altro che muscoli. Ecco, Omero queste cose le capiva. Intendiamoci, Gigi aveva già molta personalità. I muscoli ce li aveva nella testa, mi capisce? Ma Omero aveva capito come motivarlo, come dargli sicurezza, come gestire... sì, come gestire le sue ombre.»

Adesso è Nora che si sporge per parlarmi, ma con una grazia diversa, senza attriti sul divano: «Qualche volta lo sentivo parlare al telefono con la sorella. All'inizio si lamentava. Nel campo non c'era un filo d'erba e lui non ci poteva credere: in serie B, un campo in terra battuta. E poi tutto era lontano, muoversi era sempre un viaggio. Però le posso dire che era contento di non dover più lavorare, di poter pensare solo al pallone. Gli davano, me lo ricordo ancora perché era la paga più bassa di tutta la squadra, pensi, gli davano due milioni di ingaggio e duecentomila lire al mese. Ed era così contento. È vero, era un ragazzo ombroso, parlava poco, si vedeva che era tormentato da qualcosa: se la mattina non c'era allenamento rimaneva a letto sino a tardi perché la notte non chiudeva occhio. Però le dico: era già un uomo tutto d'un pezzo, un giovane uomo che per la prima volta stava scoprendo la vita, gli amici, l'affetto della gente. Non è vero che non sorrideva mai. E se devo dirle la mia le dico che sì, in quegli anni era felice».

Nora si abbandona sullo schienale come se si fosse liberata di un peso, e da questo momento inizia a parlare con una leggerezza diversa.

«E poi Cagliari si stava trasformando. Guardi che le minigonne le ho messe anch'io, cosa crede? Mister Calamosca non capiva più un accidente quando mettevo la minigonna. Diglielo, Attilio, che non capivi più un accidente! Per noi, per le ragazze, era normale cercarci un lavoro, ritagliarci la nostra autonomia. Poi io le parlo di me, nostra madre ce lo ha sempre detto a me e alle mie sorelle: sposatevi, non sposatevi, fate quello che volete ma trovatevi un lavoro, che qualsiasi cosa succeda dovete avere la vostra indipendenza, non dovete rimanere legate a qualcuno solo perché non sapete dove sbattere la testa.»

Le domando se con qualche calciatore ci sia mai stato un flirt, o almeno un po' di attrazione.

«Cosa? Ohia, la smetta.» Nuovamente ride e nuovamente porta la mano a coprire la bocca. «Già lo so cosa mi vuole fare dire. Bellino era bellino, Gigi, ma bellissimo non ancora, quando l'ho conosciuto io, con quella faccia ossuta da ragazzetto. Gentile, però, quello sì, era sempre gentile. Eh? Ma cosa le devo dire, mi guardava, sì» ride ancora, abbassa lo sguardo e ride, «mi guardava perché anche io ero *bellixedda*.»

Sulla credenza alle sue spalle noto una serie di cornici d'argento. Foto antiche di madri e padri, di figli bambini, di Nora e Attilio nel giorno delle nozze, del beato Nicola da Gesturi, di Riva accigliato su un campo da calcio.

«Ma è sicuro che ha mangiato? Ha una faccia. Guardi che è pastasciutta buona, con arselle e bottarga. Non faccia complimenti. O preferisce un po' di carne? Attilio, vai e guarda se c'è coniglio in freezer.»

Attilio si alza pianissimo nonostante lo preghi di non farlo. E pianissimo scompare dal soggiorno. Sul muro accanto a me la luce forma un reticolo perfettamente simmetrico, filtrando tra i buchi dell'avvolgibile appena abbassato.

Chiedo a Nora se ha anche memorie di campo, se vuole condividere con me un ricordo, pescare un'emozione.

Lei mi dice che la memoria, alla sua età, magari un giorno capirò, ma la memoria certe volte ci rigira come frittate per darci l'impressione di cuocere meglio, di fare la crosticina che tiene tutto unito, tutto giusto, tutto uniforme, ma vai a sapere se è andata veramente così, o se ce la stiamo solo raccontando.

«Ma lei allo stadio ci andava? Le vedeva le partite?»

«Ih, guardi, io è tutta la vita che vado allo stadio. Faccio settantasette anni a giugno e sono ancora abbonata nei Distinti. Se mi lascio con Attilio mi fidanzo con Claudio Ranieri.

No, la verità? Al campo sono sempre andata. Mio padre gestiva il baretto dell'Amsicora e quand'ero piccola mi *sedeva* sul bancone per guardare le partite. Sa quante volte sono uscita sul *Novantesimo minuto*, alla televisione?

Ma se proprio devo scegliere un ricordo, guardi, le dico: lo scudetto è stato un momento bello, certo, la gente ancora ne parla. Ma io quel primo anno di Gigi, ci crede che mi viene ancora la pelle d'oca? Ohia, la serie A. In Sardegna. A lei sembrerà una cosa normale, vero? Be', normale un accidente! Era una cosa incredibile, mi creda. Chi l'aveva mai vista la serie A? Due gol di Gigi a Udine, me lo ricordo ancora, lo avevo letto nell'"Unione Sarda", due gol di Gigi a Udine e per la prima volta la Sardegna era in serie A.

Il primo anno sembravamo tutti ubriachi. All'Amsicora abbiamo fatto piangere la Juve, il Milan. Gigi ha segnato tutt'e due le volte. Non le so spiegare come ci faceva sentire questa cosa. Essere in serie A ci dava l'impressione, per la prima volta, di essere come tutti gli altri. Noi lo sapevamo già ma era come farlo sapere agli italiani, al mondo: siamo proprio come voi. Che poi lei è di Cagliari, già mi capisce, noi siamo noi. Non voglio dire migliori, dico solo che siamo un'altra cosa, e però siamo anche come tutti gli altri. Guardi, non lo so se mi ha capito, non so nemmeno io se mi sono capita, ma come glielo posso spiegare?»

Nora si rigira sul dito il presunto rubino, lo osserva pensosa e sbuffando dice: «Ecco, prenda mio cognato, il fratello di Attilio: lavorava a Mirafiori. Ci vada a parlare con mio cognato, se lo faccia raccontare cos'è stato vedere il Cagliari a Torino, in serie A per la prima volta. Uomini, donne, bambini, vecchi. Erano soltanto partite di pallone, certo, ma era un modo di, di... no, ascolti, un giorno ci deve parlare con mio cognato».

Attilio ricompare in sala. Cammina inesorabilmente piano, riprende il suo posto accanto a Nora e comunica che no, in freezer non ce n'è coniglio.

«E lei, signor Attilio, anche lei ha l'abbonamento?»

L'uomo si sporge piano verso di me, la finta pelle rumoreggia sotto il suo corpo ma Nora lo anticipa di netto: «Questo qui? Allo stadio? No, guardi, questo qui gli piace starsene a casa. Tutto il giorno, *arrori*, tutto il giorno alla finestra che chissà cosa se ne sta lì ad aspettare. Guardi, io glielo dico sempre: usciamo un pochettino, vieni anche tu quando scendo a prendere il caffè con Giusi, vieni, vedi la gente, il traffico, fai due chiacchiere con Gianluca, il barista, che è un ragazzo simpatico».

«Simpatico un accidenti, tutto pieno di tatuaggi, mi sembra un delinquente, mi sembra.»

«Lo vede come fa? Se ne sta sepolto in casa, in canadese, tutti i giorni. Ascolti, ci vada anche lei giù al bar, e mi dica se Gianluca non è simpatico.»

«Avevate paura che andasse via? Che lo vendessero all'Inter, al Milan, alla Juventus?»

«E una volta sono i tatuaggi, e una volta non vuole prendere umido. Ne ha sempre una per non muoversi di casa.»

«No, mai» interviene Attilio con la solita calma, con il solito filo di voce. «Ho sempre saputo che non se ne sarebbe andato. Dirlo adesso è facile, mi rendo conto, e ci sono state due-tre volte che se ne stava andando per davvero. Ma io lo vedevo, vedevo il tipo di vita che gli piaceva fare. Con Cera e Cappellaro si erano comprati una Fiat 600 in condivisione. Gigi non aveva nemmeno la patente, andava ancora all'autoscuola di Marcello. Dopo due lezioni Marcello lo guarda e gli fa: ragazzo, se fai gol domenica tagliamo la testa al toro. Riva fa doppietta col Varese e il lunedì si ritrova la patente pronta in autoscuola. Gliene dico un'altra: quando non c'era da allenarsi lo trovavi in barca con Martino, il pescatore, quello che gli ha insegnato a sfilettare il pesce, a tirar su i calamari, a mangiare con le mani. Capisce? Io lo guardavo vivere e dicevo: questo non se ne va, non se ne va.» E dopo una piccola esitazione, sempre guardandomi, Attilio aggiunge pianissimo: «E comunque l'ha detto anche il reumatologo: per me l'umido è veleno, ha capito?».

Per qualche istante restiamo in silenzio. Vorrei fare una domanda ma ho come la mente annebbiata. Mi passo le dita sugli occhi chiusi come per massaggiarli, e mi scappa un lungo sospiro.

«Ajò basta, venga, le scaldo un po' pastasciutta.»

Alla fine mi arrendo e ci spostiamo in cucina, una stanza piccola e tenuta in perfetto ordine. Dal soggiorno arriva l'eco di un televisore acceso: Attilio ha preferito rimanere sul divano.

Nora scalda la pasta in una padella aggiungendo un filo d'olio. Dice che preferisce i fornelli per scaldare la pastasciutta, con pazienza e a fuoco basso. Che il microonde la sciuperebbe.

«Le dico una cosa: non mi sono mai sentita magra. Non ho mai mangiato quanto mi sarebbe piaciuto. Quella foto che le ho fatto vedere prima, ce l'ha presente? Ecco, riguardo quella foto e mi dico: ma eri balossa, cosa avevi da lamentarti? Abbiamo sempre qualcosa di cui lamentarci, dev'essere la vita, boh. Lei si lamenta, qualche volta?»

«Mi piacerebbe essere più alto.»

«Vede? Ma mi dia retta, se ne freghi, si faccia fare le fotografie quando è di buonumore, che da vecchio le faranno compagnia.

Io mi lamento sempre di Attilio ma adesso mi dica lei: perché accidente di motivo si deve mettere a guardare la televisione, se in casa ci sono ospiti? Guardi, stiamo fisso bisticciando per cose da niente. Però mi ascolti: quando non bisticciamo, quando non ci parliamo, mi viene una tristezza. È come se non fosse in casa, come se fossi vedova. Una tristezza mi viene. Lei è sposato? Fidanzata ne ha? O fidanzato, quello che vuole. Insomma, un amore ce l'ha? No? Be', mi dispiace per lei ma si ricordi una cosa: si cerchi qualcuno con cui bisticciare bene.»

Quel rumorino

È una mattina soleggiata di tardo inverno quella in cui salgo in macchina per raggiungere Carloforte. Amo guidare fuori città, mi si mettono in fila tutti i pensieri. Ne approfitto per telefonare o pensare ad alta voce o cantare a un volume esageratamente ridicolo.

Osservo il paraurti tenuto su con lo spago, ripenso allo scemo del market, mi chiedo quanto dovrò pagare di assicurazione per questa macchina che vale meno del suo treno di gomme.

Arrivo all'imbarco con dieci minuti di anticipo. Sono abituato al carnaio di luglio con decine di auto in fila e un caldo assassino. Questa mattina le macchine sono appena cinque. Parcheggio e controllo sul telefono l'ultimo messaggio di Elisa: "Imbarcati pure a piedi, facciamo una passeggiata". Guardo la foto del suo profilo su WhatsApp e vedo soltanto una figura di donna girata di spalle, lunghi i capelli, scuri e mossi. Salgo a bordo e mi chiedo come sarà il suo viso.

L'aria è insolitamente ferma in questa terra sempre frustata dai venti. E senza vento l'inverno sembra un brutto ricordo che finalmente sbiadisce.

Mi sono sempre piaciuti i sedili di questo traghetto,

il design antico delle loro linee, i colori delle sedute, le grandi vetrate che affacciano sul ponte. Ripenso alle parole di Nora: *un amore ce l'ha?* E ripenso a Camus, secondo il quale apparteniamo ai luoghi in cui siamo stati felici. O forse era Pavese? Sono talmente impastato di parole non mie che a volte non riesco a ricordare. Forse Pavese diceva esattamente il contrario, in ogni caso penso a quanto siano crudeli i luoghi in cui siamo stati felici, senza le persone con cui siamo stati felici.

La tratta dura circa mezz'ora e porta da un'isola grande a un'isola piccola, un'isola nell'isola. Trenta minuti scarsi in mezzo al mare per arrivare in un posto in cui tutto è diverso. Bello e diverso. Gli odori i colori i sapori la lingua, questa specie di genovese rimasticato da una strana tipologia di sardi.

Elisa mi aspetta sulla banchina. Dal ponte riesco a vedere i contorni della sua figura che mi sembra ben proporzionata, il suo abbigliamento leggermente oversize.

Ancora non riesco a distinguere i tratti del suo viso.

La nave attracca pianissimo ma il movimento è sufficiente a percepire l'aria sulla faccia, il freddo che prova a insinuarsi.

Alzo lo sguardo verso i palazzi ottocenteschi che si affacciano sulla via del porto, lo stile liberty di certe facciate, i colori vividi, l'odore di mare, il paese che dolcemente sale verso la collina. Arrivare qui, ogni volta, mi muove un senso d'attesa che non riesco del tutto a decifrare.

Elisa è una giovane donna di nemmeno trent'anni. Sorride e mi stringe la mano e finalmente posso vedere i suoi occhi che sono occhi straordinariamente grandi e intensamente castani. E le sue ciglia lunghissime riesco a vedere, che sbatte con grazia ma senza farci caso. «Piacere, piacere di conoscerti» dice. Sono così lunghe che sembrano sfiorarmi.

Passeggiamo tra i caruggi e le piazze di questo luogo in cui molte volte sono stato felice. È mercoledì, giorno di mercato in piazza Pegli. Lo attraversiamo con i suoi rumori e il suo vociare e la sua variopinta vitalità e i mille colori di mille verdure. Passeggiando sbuchiamo ai Baruffi, dove ci fermiamo per un caffè.

Le origini di questa comunità risalgono alla prima metà del Settecento, quando Carlo Emanuele III di Savoia concesse l'isola a un gruppo di pescatori di Pegli.

Ma Elisa è nata e cresciuta a Cagliari, Carloforte era il luogo delle vacanze nella casa di famiglia.

«Sai, con mio nonno ho sempre avuto un rapporto speciale. Lui padre di quattro maschi, tutti cresciuti in officina. Io la nipote più piccola, l'unica femmina. Nonno gli si era sciolto il cuore.

Ricordo l'odore fortissimo di olio per motori, l'odore di plastica dei copertoni nuovi di zecca accatastati l'uno sull'altro, e l'odore di tutta quella trielina, e quei pomeriggi lunghissimi in cui facevo i compiti nel suo ufficio seduta alla scrivania. Dalla vetrata potevo vedere tutta l'officina. Anch'io in effetti sono cresciuta lì dentro. Diciamo che se apro il cofano di una macchina, ecco, so dove mettere le mani.»

«Senz'altro più di me» dico, «non che ci voglia molto.»

Suo nonno Tino è stato meccanico per lungo tempo e dopo, insieme all'officina, ha aperto una concessionaria Alfa Romeo. È lì che Riva ha preso la sua prima Giulia.

«Col motore truccato» precisa Elisa, «perché gli piaceva andare forte, disegnare quelle curve perfette sulla litoranea per Villasimius. Sai cosa diceva Boninsegna, no? Che dopo un giro in macchina con lui, su quelle curve, è andato a farsi l'assicurazione sulla vita.»

Mentre parla osservo le sue labbra. Sono labbra piene, la parte superiore disegnata verso l'alto.

Boninsegna, poco meno di duecento gol in serie A, è un ex calciatore che sa ben raccontare certe vecchie storie. Ha raccontato, per esempio, che in macchina con Riva capitava spesso di essere fermati dalla polizia, ma che una volta riconosciuto, tutt'al più, gli chiedevano l'autografo.

Elisa ride e quando ride le si arriccia il naso, le si chiudono gli occhi in una specie di smorfia potenzialmente letale.

Chiedo a questa giovane donna perché proprio Carloforte, come mai ci si è addirittura trasferita. Risponde che all'inizio sono stati gli studi: etnomusicologia, una tesi di laurea su *Crêuza de mä*, un disco che nasce tra queste strade con De André e Pagani a studiare i suoni di una lingua antica, una variante ligure molto più conservativa e per questo particolarmente adatta allo scopo. Solo dopo è arrivato il lavoro: sport acquatici e imbarcazioni da diporto.

«I motori delle barche sono roba semplice, riusciresti persino tu. Il grosso del lavoro finisce a settembre ma due anni fa mi sono detta: perché no? E sono rimasta tutto ottobre, che ottobre qui è bellissimo. Mi sono detta mi rilasso, mi ricarico. È andata a finire che sono rimasta anche a novembre, e a dicembre. E non me ne sono andata più.

Cosa vuoi che ti dica, questo posto mi fa sentire libera. Mi piace stare sola e soprattutto leggere, che nel casino dell'estate non è pensabile. Al mattino passo in banchina per un po' di manutenzioni, do un'occhiata alle barche, alle attrezzature. Ma il pomeriggio leggo. Per ore. La sera casomai mi alleno. Ero brava nel mezzo fondo, sai? Adesso mi tengo in forma sui 400.»

«Ma scusa, non ti mancano le persone?»

«Non è un'isola deserta.»

«Intendo gli amici, gli amori, la gente della tua età.»

«Gli amici qualche volta vengono a trovarmi, qualche volta sono io che torno a Cagliari. Gli amori lasciamo perdere. Diciamo che è un periodo che sto bene così.»

«Io sto tutto il giorno al computer, da solo, a scrivere. Ma se la sera non parlo con qualcuno, qualcuno che non sia soltanto dentro la mia testa, divento matto.»

«Sai cosa diceva Pasolini?»

«Be', Pasolini diceva un mucchio di cose.»

«Diceva: "La mia indipendenza, che è la mia forza, implica la solitudine, che è la mia debolezza". Mi sento esattamente così, ma che vuoi farci?, è un periodo che l'indipendenza è più importante di tutto.»

Passeggiando osservo i balconi, le botteghe, i negozi. Non è raro vedere sventolare bandiere di Genoa e Sampdoria, in questo avamposto ligure in mezzo al Mediterraneo.

«Credo che fosse così anche per Gigi, sai? Era un solitario, era capace di grande dolcezza ma aveva anche un caratteraccio. Stargli vicino non era sempre facile. I compagni lo chiamavano Hud il selvaggio, hai presente?»

Questa ragazza parla a una velocità esorbitante, non sempre mi dà modo di rispondere.

«Era un film con Paul Newman. La classica americanata: Hud era un ribelle che piaceva alle donne e andava forte con la Cadillac. Nel film causa la morte del fratello in un incidente. Lo sai, no, che certe volte Gigi piantava i compagni di squadra all'improvviso, la sera, in ristorante, per andare a tirare la Giulia su quei tornanti a gomito, con la testa piena di cattivi pensieri. Nonno non chiudeva occhio quando Gigi si metteva in macchina di notte. Aveva in camera il poster di Lorenzo Bandini, il pilota morto in pista a Montecarlo, e quello di Luigi Tenco... Be', certe volte mio nonno aveva la sensazione che anche il suo, come il loro, potesse essere un destino tragico, e che in qualche modo Gigi sentisse l'istinto di andargli incontro a duecento all'ora.»

Mangiamo un trancio di pizza al forno di Gisa, e due pezzi di fainè accompagnati da una birra. Controllo l'ora sul display del telefono e il telefono mi propone un video di ricordi trascorsi su quest'isola. So che a fine giornata non potrò fare a meno di guardarlo.

Elisa mi invita a casa per un caffè, vuole mostrarmi i cimeli del legame tra Riva e nonno Tino.

«E poi era selettivo nelle amicizie» racconta, «si fidava soprattutto delle persone che si sporcano le mani, la gente che lavora, meccanici e pescatori. Mani sporche e sguardi puliti, diceva.»

Giriamo per queste strade strette che si dice siano strette e intricate per impedire al vento di sfogare tutta insieme la sua forza, quando soffia feroce. Ma non è oggi il giorno.

Passeggiamo parlando di De André, che io le confesso avermi stufato, non tanto le canzoni ma il processo di beatificazione, le cover band, gli omaggi, una certa idea di Sardegna paradisiaca. Le dico che, se proprio devo scegliere, alla fine scelgo Lucio Dalla. Anche a lui piacevano i motori.

A Elisa viene da ridere e mentre ride le si arriccia il

naso. Parliamo come parlano a volte le persone che si conoscono da tempo, con quel tanto di insolenza che presuppone basi comuni.

Ma in un angolo della mia testa penso al calore di certi legami, al senso di vuoto che ci lasciano addosso quando li perdiamo, ai ricordi che tratteniamo e che sembrano barche nella tempesta, esposte ai venti, all'usura, al naufragio.

«Sai che Gino Paoli vive da sessant'anni con un proiettile nel cuore?»

«Sai che Gigi ha raccontato a nonno di quella sera a Genova, con De André? Fabrizio teneva per il Genoa ma si sono incontrati dopo un Sampdoria-Cagliari. Nonno mi ha detto che Riva ascoltava i suoi dischi in continuazione, anche in officina, anche sul pullman della squadra, anche se i compagni mugugnavano dopo la centesima volta. *Preghiera in gennaio* era la sua preferita ma a mio nonno metteva i brividi: è la canzone scritta per il suicidio di Tenco.

In certe cose si somigliavano, Gigi e Fabrizio. Schivi, ombrosi, silenziosi, irregolari, ribelli. Anche timidi, sì. La prima mezz'ora nessuno ha detto una parola, poi si sono ammorbiditi con un po' di whisky. C'era di base un riconoscersi come simili, una stima reciproca, direi anche un amore comune per la Sardegna.»

La casa si trova in paese ma nella parte alta, poco oltre il centro storico. È una vecchia piccola palazzina su tre livelli. Elisa abita soltanto il pianterreno, che ha un arredamento spartano e antico anche se straordinariamente ben tenuto.

«Con mio nonno parlavamo solo di calcio. E di macchine. Era il suo modo di volermi bene: condividere con me le cose che amava. Non era uno a cui piacevano i libri ma di certo sapeva raccontare le storie. Parlava di quegli anni con una luce che non gli ho mai più rivisto.»

Elisa mi invita a sedere su un divano, poi scompare in una stanza in fondo a un corridoio.

Sbuca poco dopo con una scatola che apre di fronte a me, poggiandola su un tavolino. Tira fuori fotografie, lettere, cartoline spedite da Leggiuno, da Roma, da Città del Messico.

Quando torno mettiamo le mani sulla Dino.
Tuo, Gigi

«La Dino era una spider della Fiat, una macchina stupenda, Gigi ne andava molto orgoglioso.»

Mi colpisce nel profondo vedere la sua scrittura, vedere una traccia così concreta della sua esistenza in vita. Certe volte troviamo ancora degli elenchi scritti da mio padre: *vernice rossa, pennelli, aggrappante*. Di tanto in tanto qualche cancellatura, qualche inciampo sulle doppie. Tutte le volte mi sembra di avercelo davanti.

Elisa toglie le scarpe e mi si siede accanto, con le gambe raccolte sotto il sedere. Prende dalla scatola una busta di plastica che contiene molti ritagli di giornale. Li maneggia con delicatezza sinché non trova quel che sta cercando.

«Sai, Gianni Brera ha finito per diventare il suo cantore più illustre, il maggiore giornalista sportivo del Novecento, l'aedo degli eroi di quel tempo romantico. Ma leggi cosa diceva di Gigi, agli inizi.»

Mi porge un foglio di giornale in cui Brera parla del "povero Riva" e gli imputa soprattutto di avere un piede solo, il mancino, e di non essere in grado di sostituire Pascutti, storica ala sinistra del Bologna: "Quanta pena, povero ragazzo". Era la sua seconda partita con la maglia dell'Italia, nel marzo 1966, un'amichevole contro la Francia. "Per l'assenza di Pascutti si deve mettere lui in Nazionale. Stiamo davvero dando i numeri da queste parti."

Ormai ha ventidue anni, ha messo su muscoli, finalmente, ha carattere, è un leader di poche parole, forse ancora acerbo, certo, ma ha già gli occhi dell'Italia puntati addosso e basta una partita sbagliata per essere stroncato.

«All'inizio non è stato facile. Nonno ha sempre detto che quando non faceva gol, quando non riusciva a incidere, be' allora diventava nervoso, quasi intrattabile. Lavorare sui motori era il suo modo di scollegare il cervello da tutti i pensieri. Ho sempre avuto l'impressione che nonno amasse raccontarmi più il Riva di quei primi anni, forse perché non era ancora il Riva che poi hanno amato tutti, quando amarlo era diventato molto facile. Ha conservato questo ritaglio in officina, per anni, ogni tanto glielo leggeva per dargli forza. Gli diceva che un piede solo può anche bastare, se è un sinistro come il suo. Diceva sempre che quando calciava si sentiva un suono fortissimo e secco, come il rumore di pugno.»

Elisa continua a frugare e dalla scatola sbucano un paio di calzettoni di lana grossissima. Mi dice che appartenevano a Ricky Albertosi e che, secondo suo nonno, un portiere così in Sardegna non si è più rivisto.

Ma è una cartella di cuoio bordeaux quella che Elisa sta cercando. La tiene in mano per qualche istante come a volerla soppesare e «Andiamo di sopra» dice camminando sulla punta dei piedi scalzi, «voglio farti vedere una cosa».

Dal terzo piano di questa piccola palazzina si accede a una terrazza minuscola. Osservo i comignoli delle case intorno, respiro un odore rassicurante di carne arrosto e camini accesi. Affacciati al parapetto riusciamo a vedere una porzione di mare.

«Salgo qui ogni giorno, a quest'ora, anche quando il vento è insopportabile, anche quando si gela, anche solo per un minuto, ma tutti i giorni devo venire su e guardare l'orizzonte. Molte di queste storie le ho ascoltate qui, dopo pranzo, mentre nonno guardava quello spicchio di mare.»

Dalla cartella tira fuori una lettera e nel consegnarmela mi sembra che indugi. Le nostre mani prima si sfiorano e poi si toccano, forse più a lungo del necessario.

... Martino mi ha portato a muggini, abbiam fatto insieme la bottarga, è stato incredibile.
E ho quasi finito il rodaggio, domani voglio vedere come si comporta la ragazza quando supero i 200.
Al campionato non ci penso ancora, ho letto che mi cerca l'Inter per girarmi al Bologna ma io qui ho le mie abitudini, la gente mi vuol bene, in foresteria ci diamo una mano l'un l'altro, più che compagni di squadra sembriamo fratelli. A Bologna poi cosa ci vado a fare, a ricominciare tutto daccapo? A prendere il posto di Pascutti, che è un idolo? Ma cosa dovrei fare per convincerli che posso prendere il posto di Pascutti? Ma lasciatemi stare va'.

Tuo, Gigi

PS. Quando torno giù diamo un'occhiata alla cinghia, che quel rumorino non mi piace per niente.

Osservo la luce di Elisa mentre mi parla di un vecchio calciatore. Mi chiedo in effetti se quel castano così languido si accenda per lui o per il ricordo di nonno Tino, o per il poco di compagnia che ci stiamo facendo in questa strana giornata che promette primavera.

Se c'è qualcosa che sto cercando da questa storia è proprio quel tipo di luce, la luce che accende le persone, che illumina le loro vite e che magari, di riflesso, illumini anche me.

«Perché è così importante, per te, la storia di Riva?»

«Perché è stata importante per noi. Per mio nonno, per mio padre. Dopo è diventata una cosa mia, ma all'inizio era il simbolo di un legame. Se so tutto di lui è perché me ne hanno parlato un milione di volte. Sai come capita ai bambini, no? Quando imparano una cosa, a quell'età, non la scordano più. Per me il calcio è questo: la prima cosa che mi sono ritrovata a fare con mio nonno e con mio padre. La prima cosa veramente nostra. E mi sembrava per loro una cosa così capace di farli felici, di emozionarli.»

Lasciamo la palazzina in silenzio e per le scale mi viene in mente mia nonna, che negli ultimi anni non riusciva più a guardare le partite in televisione, specie i finali, i minuti di recupero: troppa tensione, troppo batticuore; e mia zia, che ho visto ballare di gioia fuori dallo stadio una quantità di volte, o saltare su una sedia dopo un gol, davanti alla tv, nella cucina di casa di nonna.

Ripenso alle parole di Palmieri: *un oscuro fatto personale*. O sono le parole di Sereni? Non saprei dire, non potrei giurare.

La memoria, ho letto da qualche parte, in qualche articolo di neuroscienze su una rivista, la memoria mescola, distorce, addirittura genera falsi ricordi, pur con tutti gli sforzi e le migliori intenzioni. Il punto, secondo uno psicologo di nome Scott Fraser, è che il nostro cervello non sopporta il vuoto. Ma il vuoto e la memoria sono esattamente quel che resta delle storie d'amore. E allora mi chiedo cosa è vero e cosa è falso di quello che ricordiamo, di tutte le volte che siamo stati così felici a mangiare focacce nei lembi più sperduti di questa piccola isola.

La memoria, diceva l'articolo, non è solo lo spazio dei ricordi, è anche lo spazio dei sentimenti, al punto che gli antichi ritenevano che avesse sede al centro del cuore.

Dico a Elisa che più ci penso e più mi sembra che la memoria assomigli ai libri.

«In che senso?» domanda.

«Nel senso che riempie dei vuoti per dare vita a qualcos'altro. L'uomo il vuoto non lo sopporta, non lo capisce. Non capisce la finitezza, non capisce la morte. È per questo che si inventa le storie, i libri, le religioni. Diamo vita a un formidabile inganno perché la realtà ci sembra, come dire, deludente. Ti faccio un esempio: ho sempre sovrapposto la figura di Riva a quella di mio padre. Non so spiegarti perché, ma nel mio immaginario di bambino erano figure sovrapponibili. Una leggenda e un uomo comune. Che cos'è se non un inganno della memoria, una storia che mi sono raccontato?»

«Di cosa si occupa tuo padre?»

«Si occupava di un sacco di cose. Prima di entrare all'Enel si è arrangiato in molti modi, ha fatto anche il garzone del barbiere. Diceva che tutto il Cagliari andava nel salone di via Einaudi dove lui faceva il garzone. Diceva persino di avergli tagliato i capelli.»

«A chi?»

«A Gigi Riva. E non ho mai capito se mi prendeva in giro o cosa. Aveva sempre voglia di scherzare, mio padre, ma era anche un gran silenzioso, uno non troppo facile da capire.»

Elisa mi poggia una mano sull'avambraccio.

«Se ci pensi tutti hanno una storia su Gigi Riva. Chi gli ha tagliato i capelli, chi gli ha offerto da fumare, chi lo ha invitato a casa per pranzo, chi giura di averlo avuto come amante.»

«È stato padre, figlio, fratello, *amico fragile*.»

«Ma cosa fai» risponde Elisa ridendo, arricciando quel suo naso e sbattendo le ciglia, «ma cosa fai, citi De André?»

Attraversiamo i carruggi verso il porto senza più parlare, ma senza imbarazzi, leggeri, in pace. Ci salutiamo di fronte al traghetto su questa banchina che alimenta commiati dal sapore antico.

L'inverno reclama il suo spazio mentre il buio cala all'improvviso nel mezzo del pomeriggio.

Ma io non sono abituato a certi commiati e sento una strana eco rimbombare nel vuoto che mi attraversa. Un rumore che mi confonde mentre Elisa mi guarda con quegli occhi castani così straordinariamente intensi, con quelle ciglia che mi accarezzano.

Nel casino di questo frastuono sento la mia voce pronunciare una frase: «Scrivimi qualche volta, quando vieni a Cagliari. Se ti va».

Un attimo dopo me ne sto in piedi, sul ponte, solo come un animale senza nome, a guardare un'isola che si allontana e un'isola che si avvicina, mentre il telefono mi brucia nel fondo della tasca e io mi sento libero di una libertà che a momenti mi uccide.

Me la sono mangiata

«Si è messo a pisciare su un cespuglio, giuro, nel giardino dell'ambasciata italiana a Washington!»

Gildo Maccioni ride delle sue stesse parole, ride di gusto, con gli occhi soprattutto, perché una parte di faccia gli rimane giù, la parte sinistra.

Ma prima di questa risata mi ha fatto penare.

Quando ho saputo dell'ictus gli ho detto di non preoccuparsi, che avremmo rimandato o che avrei trovato qualcun altro che potesse raccontarmi questo pezzo della storia. Solo non c'è stato verso e allora eccomi qua, azienda ospedaliera Brotzu, sesto piano, Neurologia.

Onestamente pensavo di essere più forte, ma rivedere questi corridoi mi sprofonda in un abisso sul quale non pensavo di dovermi più affacciare. Conosco il reparto centimetro per centimetro. È il reparto in cui è quasi morto mio padre, il reparto in cui è iniziato il suo calvario.

Stanza 109. Una stanza singola e minuscola con un comodino e un piccolo tavolo quadrato. Gildo Maccioni è disteso a letto per via di un coccolone che il mese scorso gli ha paralizzato la parte sinistra del corpo. Il che significa che l'emorragia si è verificata nella parte destra del cervello.

«Non ha problemi cognitivi» gli dico, «è stato fortunato.»

«Fortunato un cazzo.»

«Poteva capitarle al contrario, poteva avere l'ictus a sinistra e allora buonanotte. A sinistra c'è il centro del linguaggio.»

«Alla mia età mi meritavo di crepare in pace.»

«Dia retta ai fisioterapisti, si metta al lavoro, vedrà.»

«Ma cosa cazzo fisioterapisti, da questo letto non mi alzo più, te lo dico io. O se mi alzo è per buttarmi di sotto.»

Mi taccio perché so che il peggio non è mai consolatorio, quando si affronta il male. O almeno per me è stato così, negli anni del calvario.

«Guarda come sono messo, Cristo santo. Mi fanno una pena quelli che dicono che è meglio adesso, che è meglio da vecchi. Hanno tutti paura di sembrare nostalgici ma io son del parere, e lascia perdere che mi vedi ridotto così, te l'avrei detto anche un mese fa, io son del parere che essere vecchi fa schifo. Punto. Tutti quelli che conosci sono morti, o rincoglioniti, o depressi. O stecchiti come me in un letto d'ospedale. O peggio se ne stanno a casa a rompersi i coglioni, a fare i servi delle mogli, dei figli, dei nipoti.»

Di tanto in tanto quella domanda riprende a tormentarmi, proprio ora che cominciavo a capirci qualcosa: cosa sto facendo?

Ma un attimo dopo Gildo si concentra su un punto sul muro e senza più guardarmi inizia a parlare.

«Ci siamo conosciuti nell'estate del '66, quand'è arrivato a Cagliari la prima volta, per sostituire Silvestri. Io ero un ragazzino, ero appena entrato in orchestra e i posti dove andare a bere e tirar tardi, in quegli anni, erano sempre gli stessi. E lui bere beveva, tardi faceva tardi. Gli piaceva Gershwin, soprattutto, è così che ci siamo conosciuti: parlando di Gershwin.»

Per parlare di Riva bisogna parlare anche di Manlio Scopigno, un allenatore in qualche modo trascendentale, moderno, leggero, coltissimo, pieno di un'ironia capace di sciogliere ogni tensione. Con lui e per lui Riva diventerà un calciatore metafisico.

«Sapeva leggere la musica ma l'ho scoperto solo dopo qualche tempo. Non era uno cui piaceva imbrodarsi da solo. Suonicchiava male il pianoforte ma, Cristo santo, il suo lavoro era allenare i calciatori. Due-tre volte ci siamo messi, in qualche ristorante, lui al piano e io al violino, così per giocare un po', dopo cena, che a quell'ora cominciavano a servire da bere come si deve. Poi tutti dicono whisky, ma io ricordo che aveva una passione per la vodka. Una sera di quelle ci siamo messi sotto con Schubert, era l'attacco dell'*Incompiuta*.»

«Come avete legato?»

«Be', posso dire? Quegli anni si beveva forte ma io ero un ragazzino, Manlio mi ha insegnato a bere con un po' di stile. Io ho sempre vissuto per la musica e per la musica ho dato tutto, ho perso tutto. Il fatto è che ho sempre avuto bisogno di qualcosa di nuovo. Una partitura complessa, una donna diversa, un'orchestra dall'altra parte del mondo. Questa vita me la sono mangiata, ok? E Cristo santo se ne ho nostalgia.

Ecco, con Manlio non ti annoiavi mai, ogni giorno poteva succedere qualcosa di nuovo. Mi ha insegnato a bere e mi ha insegnato a leggere. Era un curioso. In quegli anni si traducevano molti americani che da noi non si erano mai visti. Ma senti questa: una sera viene a Cagliari Luciano Bianciardi, doveva scrivere un articolo su Scopigno. Eravamo in albergo prima di una partita col Palermo, perché Manlio viveva al Jolly, sotto il Bastione. Insomma, questi due cominciano a parlare di tutto fuorché di calcio. Scopigno gli domanda di Giovanni Arpino, di Lucio Mastronardi. Bianciardi per impressionarlo gli consiglia un americano emergente: "Si legga Philip Roth", e Scopigno risponde: "Ho molto amato *Lamento di Portnoy*". Bianciardi c'è rimasto secco.»

Chiedo a Gildo di parlarmi di Riva, se lo ha mai conosciuto, se erano amici.

«Con Gigi ci siamo conosciuti, sì. Era impossibile frequentare Manlio senza incrociare Gigi, almeno qualche volta. Posso dire? Sapeva chi ero, ci guardavamo con rispetto, ma non ci siamo mai presi. Troppi galli nel pollaio, diciamo così.»

Entra in camera un giovane medico che si scusa ma ha bisogno di parlarmi. Restiamo sorpresi, io e Gildo, ma quando i medici mi chiedono di fare qualcosa, in genere, obbedisco.

«Senta, suo padre non è molto collaborativo.»

«Guardi, la fermo subito: non è mio padre.»

«Uno zio?»

«Ci siamo conosciuti dieci minuti fa. Sono un giornalista, uno scrittore, sono qui per un'intervista.»

«Lei è la prima persona che viene a fargli visita.»

Il giovane medico tace, guarda per terra, ci pensa e aggiunge: «Senta, sarebbe importante riuscire a parlare con un familiare. La prognosi ha qualche margine ma lui ci deve mettere del suo, sarebbe un peccato. Veda se riesce a farsi dare un numero di telefono».

«Cosa voleva il dottorino?»

«Pensava fossi suo figlio.»

«Ah!»

«Lei ha figli, Gildo?»
Gildo guarda fuori dalla finestra.
«Io te l'ho detto, questa vita me la sono mangiata. Mi sono sposato, sì, ma il matrimonio non era per me. Tre volte mi sono sposato, asino che sono. Asino coglione. E mio figlio, be', per lui sono morto trent'anni fa.
Senti, avvicinati un attimo, fai la cortesia, sistemami un po' questo cuscino, che se chiamo un OSS posso aspettare anche tutto il pomeriggio. Ecco, così.
E tu, sei sposato? Ti prego dimmi che non sei sposato. Almeno voi ragazzi, salvatevi almeno voi.
Cosa? Quanti anni? Devo essere sincero, ti avrei tolto qualcosa, più che qualcosa. Però bravo, se hai resistito sinora forse ce la puoi fare. Anche se poi, posso dire? Non è che non mi piacesse per niente quel tipo di vita. Nel senso, essere il marito di mia moglie, avere qualcuno da cui tornare. Ma di base credo che si debba sempre stare un po' lontano dagli amori, sentirne la mancanza, frequentare altre donne se capita, certo, assumersi il rischio di perdersi, di allontanarsi. Se devo dire la mia, per me, l'amore non è restare. È tornare. E parlo per entrambi, eh, perché se il cuore batte ancora è sempre bello ritrovarsi.»
«Queste cose le ha mai dette, quando era sposato?»
«Certo, cosa credi, certo. Ma con le mie stronzate ci ho sbattuto il muso tutta la vita. Dopo un po' non mi sopportavano più. Però sai cosa dice il darwinismo?»
«Be', immagino che dica un sacco di cose.»
«Dice che per avere più possibilità di tramandare il nostro patrimonio genetico cerchiamo di accoppiarci con il maggior numero di partner. In fondo non sono io a essere strano, è la scienza.»
«Trent'anni sono tanti.»

«Come dici?»

«Trent'anni che non parla con suo figlio. L'ha fatto chiamare? Sa che è in ospedale? Se le fa piacere posso mettermi in contatto.»

«Manlio invece voleva molto bene a sua moglie. Si vedeva da come non ne parlava. Da come non la faceva oggetto della sua ironia. Era come se la preservasse dalle sue pose, da quello strato di cinismo che metteva su per proteggersi dal mondo. Col tempo ho imparato a capire il suo senso della misura, e in questo era uguale a Gigi. Ma Gigi aveva una dimensione drammatica, fiera, nel suo essere trattenuto. Manlio no, lui aveva un dolore che era molto bravo a nascondere, per cui tutto veniva esorcizzato in gioco, in scherzo, in battuta. Era serio solo quando parlava di Riva, allora diventava persino iperbolico, lui che era così devoto all'understatement.»

Chiedo a Gildo di parlarmi dei ritiri, se era vero che il Cagliari non andava mai in ritiro perché a Scopigno non piaceva l'idea: un gruppo di persone rinchiuse in albergo a morire di noia. Una cosa che persino nel calcio di oggi, in Italia, sarebbe una rivoluzione.

«Siete tutti fissati con questa storia dei ritiri. Anche Bianciardi glielo chiese.»

«E lui cosa rispose?»

«Gli disse "Ma scusi, lei cosa direbbe se il suo editore, quando c'è da scrivere un libro, la chiudesse in camera insieme a Alberto Bevilacqua?".

Te l'ho detto, era così, era un fulmine, aveva sempre la battuta in tasca. Quella sera poi ci siamo messi a giocare a carte. Manlio mi ha insegnato a bere ma io gli ho insegnato due o tre trucchi per imbrogliare a ramino pokerato. Eravamo io e lui contro Arrica e

Bianciardi. Li abbiamo fatti neri. E il giorno dopo abbiamo schiantato il Palermo.

Posso dire? Per lui allenare era anche un modo di crescere un gruppo di giovani uomini, oltre che di calciatori. E come uomini li trattava. Aveva un suo modo di responsabilizzarli, si fidava di loro e lasciava anche che sbagliassero, qualche volta. Un giorno in aeroporto prende Riva sottobraccio e gli dice: "Io sono il tuo allenatore, va bene, ma sono anche un tuo amico". E basta, non aggiunge altro. Aveva capito il suo tormento, voleva farglielo capire.

Passavano molto tempo insieme, per lo più a fumare, parlare parlavano poco. Manlio non era un sergente di ferro ma non era nemmeno uno sprovveduto. Senti questa: una volta Gigi tira tardi per locali in gruppetto con altri due. Il giorno dopo, all'allenamento, Scopigno li massacra, solo loro tre, senza dare spiegazioni.

Ma la verità è che per Riva avrebbe fatto di tutto. Sai che il Cagliari si allenava soltanto al pomeriggio? Gigi la notte faceva fatica a prendere sonno, la mattina gli serviva per riprendersi. Scopigno aveva cambiato per lui le abitudini della squadra. Ma a dirla tutta avevano lo stesso fuso orario, insomma, te l'ho detto, tiravamo tardi senza farci pregare.»

«E a suo figlio, queste cose le ha mai raccontate?»

«Bah, sono solo i ricordi di un vecchio» dice Gildo guardando fuori, oltre la finestra, il cielo terso di una giornata di aprile.

«Tuo padre ti racconta mai di quand'era ragazzo?»

«Sì e no. Mio padre sapeva essere allegro ma di base era un silenzioso.»

Gildo esita un attimo. «È tanto che è morto?»

«Un anno e mezzo. A lui gli ha preso la parte sinistra,

un bel casino. Però c'è una cosa che mi raccontava sempre. Mi raccontava che da ragazzo, quando faceva il garzone del barbiere, ha tagliato i capelli a Gigi Riva.»

Gildo stavolta ammutolisce, poi con un filo di voce domanda: «Gli sei stato vicino?».

«Gli siamo stati accanto, sì. Io, mia madre e mio fratello. Quasi cinque anni.»

«E non vi ha pesato?»

«No, non ci ha pesato. Ci ha distrutto. È stato uno schifo. Ma è stato anche molto naturale.»

«In che senso è stato naturale?»

«Esserci. Ci è venuto naturale. Certe volte la memoria fa degli strani inganni ma, se posso permettermi, le dico che ho sempre sovrapposto Riva a mio padre: anche lui silenzioso, discreto, orgoglioso, orfano, qualche volta difficile, qualche volta permaloso. Ma quando avevi bisogno, lui era lì. E quando ancora non sapevi di aver bisogno, lui era lì già da una mezz'ora.

Ho incontrato una persona, qualche mese fa, mi ha detto che certe volte la vita sa esser carogna. Ecco, con mio padre è stata carogna, per lo meno gli ultimi anni, o forse anche i primi ma di quelli non parlava mai. E non credo che si vergognasse di essere povero. Credo solo gli facesse male ricordare.»

Gildo non se l'aspettava. Nemmeno io me l'aspettavo.

Farfuglia qualcosa che non capisco ma poi mi chiede cosa vuol dire, di preciso, che gli ha preso la parte sinistra.

Glielo spiego un'altra volta: il linguaggio, sparito; le funzioni cognitive, deteriorate.

«Non immagina l'abisso che passa tra un uomo di poche parole e un uomo di nessuna parola.»

Sospira, il relitto di questo vecchio steso su un materasso antidecubito, guarda il solito punto perso nel muro e dice: «Chissà, forse se avessi fatto un lavoro normale. Ma la musica è venuta prima di tutto. Prima di mio figlio, prima delle mogli. Con le mogli poco male, per rimanere in buoni rapporti basta pagare puntuali, e non è certo il mio caso, ma con i figli...».

«È per questo che suo figlio non le parla? Non pagava gli alimenti?»

«Oh, lasciamo stare, lasciamo stare che è meglio. Te l'ho detto, no? Me la sono mangiata questa vita. Io non sono come tuo padre, mi sarebbe piaciuto, ma non sono il tipo. Quando Sergio si è ammalato sono partito per la tournée in Giappone. Era un brutto tumore? Sì. Me l'avevano detto? Sì. Abbiamo fatto il Giappone e poi lo sai com'è, da cosa nasce cosa: Corea, Filippine, Cina, Vietnam. Nelle Filippine mi sono sposato per la terza volta. Sette mesi sono stato via, ma chiamavo tutte le settimane, eh, il martedì. Be', dopo la Corea Sergio ha smesso di rispondermi.»

Gildo si interrompe, sbuffa, borbotta, impreca, riprende a parlare. «Ma sai qual è il problema?» e a questo punto distoglie lo sguardo dal muro per fissarmi negli occhi: «Il problema è che lo rifarei. È stata la tournée più bella della mia vita. Perciò cosa vuoi che faccia? Ti devo pregare di correre a cercarlo? Non ne ho il diritto, Cristo santo, non scherziamo.

Sai cosa si dice dei violinisti, no? Che siamo tutti delle cazzo di primedonne. E nessuno ha mai capito se sia lo strumento a determinare il carattere, o se sia l'indole del musicista a guidarlo nella scelta. Prendi la viola, per esempio. I violisti sono affidabili, seri, posati, riflessivi. Per carità lenti, qualcuno dice che sono i carabinieri delle orchestre perché ci sono anche le barzellette, sui violisti: cos'hanno in comune Babbo Natale, l'Uomo Ragno e un violista intonato?»

«Non ho idea, devo rispondere?»

«Che sono tutti personaggi di fantasia. Più tonti dei violisti ci sono solo le cantanti jazz.

Il violino no, il violino è un'altra cosa, è virtuosismo, estro, vanità. Lo hanno detto anche a me, sai, che la prognosi ha qualche margine. Ma mi hanno anche detto che posso scordarmi di tenere un violino in mano.

Il fatto è che io ho sempre vissuto per essere libero, e per me la musica è libertà. Io quando suono dimentico tutto, Cristo santo. Dimentico mio figlio, le mogli, la solitudine vigliacca cui mi sono condannato, la vecchiaia dimentico, la morte puttana che mi alita addosso. Tutto. Ma posso dire?» e ora riporta gli occhi sul muro come a volermi proteggere da questa confidenza: «Senza musica, io, che cazzo ci sto a fare nel mondo?».

Restiamo in silenzio per qualche momento. Gildo preme un tasto sul telecomando per inclinare il letto.

Lo guardo, mi guarda.

Preme di nuovo per rimetterlo com'era.

«Ma siamo qui per parlare di calcio, no? E allora ti dico che il casino più grosso è scoppiato dopo, negli Stati Uniti.»

Nell'estate del '67, mi spiega, il Cagliari partecipa con il nome di "Chicago Mustangs" al campionato di calcio americano. Non ho mai del tutto capito il perché, glielo domando.

«Perché avevamo le pezze al culo, ecco perché, e gli americani erano pieni di soldi. Lo sai come sono gli americani, no? Con i soldi credono di poter comprare tutto. Quella volta credevano di poter comprare il calcio. Sino a quel momento avevano solo qualche lega dilettantistica, volevano svoltare. Perciò si sono affittati un po' di squadre da tutto il mondo, squadre di media o bassa fascia dall'Italia, dall'Uruguay, dall'Inghilterra, non certo il Milan o il Real Madrid, ma per loro era più che sufficiente. Fanno nascere dal niente tutta una serie di franchigie e il Cagliari finisce a Chicago, Illinois, a giocare per due mesi il campionato della United Soccer Association. Era l'estate del '67, non c'erano Mondiali, non c'erano Europei, non c'erano Olimpiadi. La squadra alloggiava in un albergo di proprietà di Frank Sinatra. Ma Riva no, lui non c'era, era a Leggiuno per curarsi una gamba rotta.

Da quello che mi ha raccontato Manlio era un calcio senza senso, non avevano nemmeno arbitri decenti, finiva in rissa tutte le volte. Comunque sia, prima di ripartire li invitano a Washington per un ricevimento formale in ambasciata. Manlio era un anticonformista, o, come piaceva dire a lui, era uno che diceva pane al pane e brocco al brocco. Odiava queste cose, sul serio, questi riti ipocriti e borghesi.

Ci ho suonato, sai, in quell'ambasciata. È un posto enorme, un edificio squadrato, forse bello in un modo che non riesco bene a capire, sicuramente austero. Il tipico posto dove uno come Manlio si rompeva le palle dopo cinque minuti. Se non altro c'era l'open bar.

E niente, a un certo punto Scopigno domanda a un tizio dove fosse il bagno. Il tizio, pensando di fare il brillante, gli indica il giardino. Il brillante con lui, capito? Allora Manlio prende, esce, e si mette a pisciare su un cespuglio.

Si è messo a pisciare su un cespuglio, giuro, nel giardino dell'ambasciata italiana a Washington!»

Gildo Maccioni ride delle sue stesse parole, ride di

gusto, con gli occhi soprattutto, perché una parte di faccia gli rimane giù, la parte sinistra.

Mi dà l'impressione di uno che non ride da molto tempo, o di uno che non ha mai riso da quando il corpo gli si è guastato. Va a finire che questa risata a mezza faccia lo incupisce.

Quando riprende a parlare lo fa in modo aspro, netto, veloce.

«Tornato in Italia vince il Seminatore d'oro come miglior allenatore della serie A, e viene licenziato dal Cagliari Calcio. Roba da matti. Se devo dire la mia, a furia di dire brocco al brocco, be', qualche dirigente non lo sopportava più. E ha usato quella pisciata come pretesto per cacciarlo.»

Gli chiedo cos'è stata quella squadra, per lui, cos'è stato per lui Gigi Riva.

Gildo ci pensa un momento e risponde con una sicurezza che mi disorienta.

«Be', posso dire? In qualche modo Riva sono io allo specchio. Te l'ho detto, no, come sono fatti i violinisti? Il fatto è che ero molto bravo nel mio lavoro, lo dico in questo senso, e ogni sera avevo di fronte un pubblico che si aspettava da me uno scatto capace di stupire. Non avevo la sua tempra morale, questo no. E nemmeno il suo stipendio, anche se avrebbe potuto guadagnare dieci volte tanto.

Ma in generale, per me, Riva è il ricordo di quegli anni lì. Gli anni in cui mi sentivo Gesù Cristo sceso in terra, gli anni in cui avevo l'impressione di conoscere tutti, di sapere sempre dove andare, come comportarmi. Ero amico dell'allenatore del Cagliari, Cristo santo, avevo una persona a cui poter telefonare in ogni capitale del mondo, una persona che mi avrebbe portato nei locali migliori, che mi avrebbe risolto una grana sul dove dormire o consigliato un buon posto per andare a cena con una bella ragazza. Avevo l'impressione di contare qualcosa, ecco. Suonavo al Quirinale una volta l'anno, avevo più timbri sul passaporto di qualunque diplomatico. Sapevo vivere, cazzo, e adesso non posso nemmeno tenermi l'uccello per andare a pisciare.»

Qualcuno bussa alla porta per avvisare che sono le quattordici: orario di visite terminato.

Io e Gildo ci salutiamo con una certa freddezza anche se ci siamo confessati delle cose, in un modo o nell'altro, che non abbiamo mai ammesso nemmeno a noi stessi.

Mi ritrovo a camminare per un corridoio che ho percorso molte volte. Un infermiere mi riconosce e sorride. Ricambio con un cenno del mento e penso che non voglio mettere mai più piede in questo reparto.

Poi mi blocco davanti allo stanzino dei dottori. Giro i tacchi, osservo il mio infermiere. «Ho dimenticato il telefono.»

Accelero il passo sino alla stanza 109.

«Il mio numero ce l'ha» dico a Gildo, «si faccia sentire quando ha voglia di fare due chiacchiere.»

«Se non crepo prima può essere che ti faccio uno squillo. Ma dammi del tu, ti prego, che così mi sento già un cadavere.»

In ascensore penso alle confidenze che riserviamo agli sconosciuti, mentre sono accalcato tra amici e familiari di persone variamente malridotte, ciascuna con il suo baratro in cui sprofondare.

5/11

L'ascensore si apre di fronte al bar del piano terra. L'ospedale è un formicaio di persone che si disperdono in tutte le direzioni. Ma il bar non sembra affollato, decido di entrare per un tramezzino e in fila alla cassa incontro Fabrizio, il figlio di Nora e Attilio.

Fabrizio è un collega di mio fratello, è lui che mi ha messo in contatto con i suoi genitori. Solo non sembra avermi visto e allora faccio un cenno per attirare la sua attenzione.

«Ciao» gli dico.

«Ciao» risponde, ma è come se non riuscisse a inquadrarmi.

«Ti ricordi, sì? Sono il fratello di Claudio. Ma cos'hai, stai bene?»

«Come?»

«Tutto bene, Fabrizio?»

«Ieri sera è morto papà.»

In cassa è il suo turno ma Fabrizio non si muove. Ordino io qualche tramezzino per entrambi, pago, lo invito a sedersi con me e gli chiedo se ha voglia di raccontarmi cos'è successo.

«Sotto casa, mentre usciva dal bar, lo ha preso in pieno il 5/11.»

«Oh Cristo, io... io non ci posso credere.»
«Lo ha preso in pieno» ripete «mentre usciva dal bar.»
«Tua madre è qui? Mi piacerebbe salutarla, se non ti dispiace.»
«Lui lo odiava quel bar.»
«Lo so.»
«Non sopportava quel barista.»
«Troppi tatuaggi.»
«Non lo sopportava perché teneva per la Lazio.»
Scendiamo insieme ai piani interrati e Fabrizio mi fa strada verso le camere mortuarie. Ha gli occhi gonfi di pianto e sonno.
Il freddo dei condizionatori invade il lunghissimo corridoio. Di fronte a una stanza ghiacciata vedo Nora di spalle.
Fabrizio si avvicina piano, le tocca un braccio, le sussurra qualcosa. Lei si gira e mi vede. Poi mi abbraccia con una forza di cui non pensavo fosse capace.
Attilio è morto davanti ai suoi occhi e Nora mi racconta nei dettagli la dinamica dell'incidente. Lei gliel'aveva detto che a quell'incrocio c'è un angolo cieco, gliel'aveva detto che il pullman ha una visuale ridotta, gliel'aveva detto!
Più che triste mi sembra furibonda.
«Quel disgraziato» dice scuotendo la testa, «me l'aveva giurato, me l'aveva giurato!»
Ma io non capisco e le chiedo che cosa, che cosa le aveva giurato?
«Che non mi avrebbe lasciata sola, che sarebbe morto dopo di me!»
Sulle prime mi viene un gran magone a pensare che questo sarà il loro ultimo bisticcio. Poi penso che Nora troverà un modo per stuzzicare Attilio anche da mor-

to, in contumacia, magari per come avrebbe mal fatto una certa cosa, se ancora fosse stato in vita.

Fabrizio mi spiega che sua madre è esausta, sino a mezz'ora fa il corridoio era pieno di gente, tutti a portare una parola di conforto, tutti impegnati nell'esercizio formale del cordoglio, per il quale bisogna avere un talento innato.

A questo punto Nora fa una cosa che non mi aspettavo. Mi prende sottobraccio e mi porta dentro la camera mortuaria. E qui vado un attimo in tilt. Vedo Attilio sdraiato in una bara e Attilio seduto al suo capezzale.

«Vieni, ti presento Bernardo, mio cognato. Ti ricordi? Il fratello di Attilio, quello che sta a Torino.»

Bernardo e Attilio avevano due anni di differenza, ma sono sostanzialmente identici.

«Ho preso il primo volo» mi dice, «stamattina all'alba.»

Gli stringo la mano ma non maneggio il talento del cordoglio, perciò sfodero una faccia costernata di cui non conosco bene i connotati.

Bernardo mi dice che Attilio era il più piccolo, è vero, ma per lui è sempre stato un riferimento.

«Lei ha fratelli?»

«Un fratello maggiore, sì.»

«E ce l'ha vicino?»

«Qui a Cagliari.»

«E ci parla, con suo fratello? Sa, con Attilio parlavamo spesso, con la scusa che io sono via da tanto tempo. Ho speso più in telefonate che in biglietti aerei.»

«Noi non siamo gente che parla tanto, in casa.»

«Ah no?»

«Sarà che siamo tutti vicini.»

«E cosa fate, se non parlate?»

«Facciamo. Parliamo facendo, ecco.»

Bernardo sembra soddisfatto della risposta e accenna una specie di sorriso. Ho l'impressione di parlare con una versione di Attilio leggermente più vivace.

«Come lo conosceva?» mi chiede.

«Questo giovanotto è lo scrittore» interviene Nora.

Al che Bernardo sorride in una maniera diversa, più brillante. Mi dice che Attilio gli ha parlato di me, durante una delle ultime telefonate, e che dopo sono rimasti a parlare di Riva per una mezz'ora. Ci terrebbe davvero tanto, dice Bernardo, a essere intervistato.

Mi segno il suo numero e penso all'assurdità di questa circostanza, al fatto che tutti vogliono parlare di Riva, a qualsiasi costo, anche da un letto di Neurologia, anche nel gelo di una camera mortuaria, come se fosse una formula capace di scacciare i cattivi pensieri.

Saluto Bernardo e gli prometto che ci sentiremo presto.

Torno al pianterreno e mangio il mio tramezzino sul sedile celeste di una sala d'attesa. È asciutto come un savoiardo e mi chiedo cosa ci vuole, dopotutto, a mettere un filo d'olio in più, uno strato di maionese, una foglia fresca di lattuga, qualsiasi cosa che non renda la bocca uno schifo di bolo impastato col calcestruzzo.

Prima di andarmene faccio un salto in Cardiologia per salutare Silvia e chiederle una mano. Silvia è un'amica cara, una dottoressa, e ho bisogno di rintracciare una sua collega che era di turno il 22 gennaio.

Perché è in questo edificio, in una stanzetta al quinto piano, che il cuore di Riva ha smesso di battere.

Al di sopra di ogni sospetto

Non avrò un avvocato di fiducia ma Claudio mi ha suggerito di parlare con Giancarlo, che per tutta la vita ha giocato a pallone con nostro padre e soprattutto ha diretto, per quasi dieci anni, le cronache giudiziarie dell'"Unione Sarda".

Lo chiamo, risponde dopo molti squilli.

Da quando è in pensione non ha più tempo per il telefono, ha tempo solo per il mare, la barca, il club della vela. È felice di sentirmi e chiede come sto, come sta mia madre.

«Stai scrivendo?» mi dice. «Come sta tua madre?»

Per qualche motivo riesco a dirgli solo due cose: che ho tamponato uno scemo, uno scemo che mi ha frenato davanti nel parcheggio di un market; e che sto lavorando a un progetto su Riva, forse un libro.

«Un libro su Riva? Un altro? Forse lo scemo sei tu.»

Sospiro. Non rispondo.

Giancarlo ha iniziato all'"Unione Sarda" come cronista sportivo nella seconda metà degli anni Sessanta, l'epoca d'oro. E nei quarant'anni successivi ha ricoperto ruoli di vertice, coordinando interi settori, assumendo un *interim* alla direzione per un breve periodo, prima di dedicarsi interamente alla vita in mare.

Dopo alcuni convenevoli arrivo finalmente al punto: che cos'è un invito a comparire?

Ma Giancarlo esita, è distratto, forse sposta il telefono dalla bocca perché adesso lo sento parlare in lontananza, ma comunque lo sento, sta parlando di ostriche: «O San Teodoro o Tortolì, se vogliamo restare in Sardegna. Altrimenti ci spostiamo sull'Atlantico, Bretagna o Normandia, per me non fa troppa differenza. Scusa eh, stiamo organizzando un aperitivo per venerdì ma mi tocca parlare con certi cretini. Mi dicevi? Ti ascolto».

«Ho ricevuto un invito a comparire, devo preoccuparmi?»

«No, se non hai fatto niente di male.»

Pensavo di essere una persona al di sopra di ogni sospetto, ma persino Giancarlo si tiene il beneficio del dubbio.

Se i carabinieri avessero qualcosa di urgente da dirmi, spiega, non si farebbero troppi problemi a stanarmi in casa, al bar o al lavoro. Ma un invito a comparire, così, che resta appeso per tutti questi mesi, vuol dire che non sono così fondamentale.

«Ma fondamentale per cosa?»

«E questo dovresti saperlo tu, un'idea te la sarai fatta, no?»

«Be', no.»

«Potresti essere una persona informata sui fatti. Probabilmente c'è un'indagine in corso e qualcuno ha ragione di credere che tu sappia qualcosa. Hai intervistato qualche politico, di recente? O un imprenditore, che ne so, una fonte con mezzo piede in qualche storiaccia?»

«Sono sei mesi che non scrivo un pezzo.»

«Magari hai parlato con qualche soggetto che ha il telefono sotto controllo, magari ti è scappata una frase di troppo, qualcosa di ambiguo, tutto può essere.»

Gli domando, ma solo per sentirmi dire di no, solo per farmi rassicurare di stare tranquillo, gli domando se non sia il caso di parlare con un avvocato.

«Non è mai una cattiva idea» risponde.

Mi spiega che le caserme ormai sono sottodimensionate, che le indagini vanno a rilento ma che quando accelerano lo fanno all'improvviso, e a quel punto non aspettano, non concedono esitazioni, e bisogna farsi trovare pronti.

«Ma pronti di che?»

«Segnati questo numero» e mi lascia il fisso di uno studio e un cellulare per le urgenze. «Di' pure a Marchetti che ti ho mandato io.»

«Grazie.»

«Ci mancherebbe.»

«Senti, però, c'è un'altra cosa.»

«Sì ma rapido, che dobbiamo scegliere da bere e qui c'è gente che non distingue un metodo classico da uno spumante della LIDL.»

«Avrei bisogno di parlarti, è per quel progetto su Riva. Quando possiamo vederci?»

Cos'ha fatto l'Italia?

L'appuntamento è per un orario imprecisato che al telefono prende il nome di "tarda mattinata". Il tono è quello di un uomo sereno che non ha orari e non ha stress, un tempo magari, le rate i figli il lavoro, una vita di lavoro, ora non più, ora è padrone del tempo e perciò i ritmi li detta lui. Ci vediamo in spiaggia, dice, al Poetto, al primo dei baretti di questo lungo litorale urbano che ossessiona i cagliaritani.

È una giornata di maggio piena di sole, così decido di prendere la bici. Attraverso la città passando di fronte al tribunale, imbucando via Pessina che in questo periodo sembra un dipinto impressionista: sull'asfalto un tappeto lilla di fiori di jacaranda caduti dai rami.

È il primo giorno in cui sospetto che ce l'abbiamo fatta, noi che odiamo l'inverno, ce l'abbiamo fatta un'altra volta, sì, abbiamo resistito e sofferto in silenzio, abbiamo indossato assurdi maglioni e osceni pastrani che ci hanno deturpato, che hanno frenato le fantasie, innalzato barriere e congelato gli umori.

Mentre pedalo sento il vento accarezzarmi le braccia, passarmi sul viso, tra i capelli, e mi colpisce fortissima l'impressione di essere nel mondo, di averlo addosso, di avere la vita che mi fa attrito, pronta a sconvolgermi.

Lego la bici su una rastrelliera a bordo spiaggia. Osservo le ragazze passare con i loro vestiti leggeri, i loro sandaletti, le minuscole bretelle dei loro minuscoli top. Penso a Elisa, penso a Carloforte in questo periodo dell'anno e penso che sì, davvero, ce l'abbiamo fatta un'altra volta.

Giancarlo mi aspetta seduto al tavolino più esposto al sole, nero in viso come se fosse agosto, addosso una T-shirt celeste che porta il simbolo dello Yacht club. Capelli radi argentati, ma non radi al punto che gli consiglieresti di rasarsi a zero, radi il giusto per un uomo che ha scavallato i settantacinque. Fronte alta e un paio di baffi grigi che gli danno un aspetto distinto, anche in bermuda e chewing gum. Forti le braccia di chi è ancora capace a governare una barca, quando il mare lo consente.

«Allora, io ti devo dire subito che la Nazionale non mi è mai stata simpatica. Mi sentirei un ipocrita. Passo tutto l'anno a odiare i calciatori che vengono a Cagliari come avversari, e poi a giugno devo fare il tifo perché giocano con la maglia dell'Italia? Ma cos'ha mai fatto, l'Italia, per noi? Noi non siamo una regione, siamo una colonia.»

Parla sul serio Giancarlo, non ha perso quel guizzo polemico che lo rendeva un formidabile rompipalle. Ho fatto in tempo a lavorare con lui poco prima che andasse in pensione, io per la radio e lui per il giornale, io che cominciavo e lui che stava per finire.

Era la grande firma che poteva disertare lo stadio o il Consiglio regionale, il Comune o la Questura. Non si vedeva mai ma aveva le notizie prima di tutti, e meglio di tutti le sapeva raccontare. Non ha perso il guizzo, il gusto della provocazione, il suo taglio affilato.

«Cos'ha fatto per noi, l'Italia? I Savoia ci hanno disboscato per costruire le ferrovie, ovunque fuorché qui, che per andare a Sassari ci mettiamo cinque ore. Il fascismo ci ha portato le bombe degli Alleati, Cagliari e Napoli le città più devastate d'Italia. La DC ci ha venduto alla Nato e non c'è posto in Europa con così tanto territorio invaso dalle basi militari. Lo sai che in Sardegna abbiamo il sessantacinque percento delle servitù militari di tutto il Paese? E adesso vogliono metterci le pale eoliche anche in giardino, anche in mezzo al mare, a devastarci le pianure, il paesaggio, la vista dalle nostre spiagge. E pannelli solari a perdita d'occhio. Io sono d'accordo che non possiamo più alimentarci col carbone, ma hai idea di cosa vuol dire?»

Ho iniziato a scrivere che ero solo un ragazzo, con addosso l'arroganza che certe volte hanno i ragazzi quando pensano che tutti, ma proprio tutti, tutti tranne loro, sono dei poveri coglioni. Giancarlo di tanto in tanto mi chiamava al telefono. Ti ho sentito alla radio, diceva, non è che non avessi ragione, ma sono i toni, la forma, fai attenzione al come, che vale come il cosa.

Giancarlo ha giocato per molti anni a pallone con mio padre ma non so se fosse per la loro vecchia amicizia, non saprei dirlo, certo potrei chiederglielo se fossi uno che dice pane al pane e brocco al brocco, non so se fosse per la loro amicizia o solo perché, certe volte, i maestri sono generosi con gli allievi, e sanno che un certo tipo di arroganza non è altro che la coperta cortissima di uno smisurato senso di inadeguatezza; qualsiasi fosse la ragione, Giancarlo ha sempre cercato di indirizzarmi, sì, di proteggermi.

«E poi Gigi ci ha lasciato due gambe, in Nazionale. Senz'altro avremmo rivinto lo scudetto, magari anche la Coppa dei Campioni. Posso essere ancora un po' incazzato per 'sto fatto?»

«A quanto pare sì.»

«A me rimane antipatica ma per lui è stata una seconda pelle. Giocare in una squadra di provincia vuol dire che le uniche soddisfazioni, in giro per il mondo, te le puoi togliere solo con la maglia dell'Italia. E non gli hanno regalato nulla, eh, ha dovuto faticare, aspettare il momento. L'ha amata tanto, quella maglia. L'ha amata quasi quanto ha amato il Cagliari.»

A bordo spiaggia decine di runner si incrociano nei due sensi di marcia. Intorno a loro biciclette, rollerblade, monopattini, passeggiatori seriali. Ricordo un amico di Lecco, Davide, l'ultima volta che è venuto a trovarmi qualche anno fa, in questo stesso periodo, in questo stesso baretto, un giorno feriale qualunque del mese di maggio, la spiaggia invasa di gente, i primi ombrelloni e i primi bagni, le televisioni a registrare i primi servizi di costume per i telegiornali, ricordo che Davide mi aveva chiesto: ma qui al lavoro non ci va nessuno?

«Il giornale mi mandava a seguire l'Italia quando Riva stava diventando un personaggio molto popolare. Noi eravamo un giornale locale ma allora i giornali si vendevano, gli editori avevano i soldi e i giornalisti avevano un ruolo nella società, uno status. E Gigi era considerato un sardo che ce l'aveva fatta: il primo giocatore nella storia del Cagliari convocato in Nazionale. Spesso rientravamo in Sardegna sullo stesso volo: io, lui e Arrica.

Con Gigi dovevi essere bravo a gestire i rapporti. Quando era in buona ti diceva tutto, poi ti diceva questo puoi scriverlo e questo non puoi scriverlo. Se lo scrivevi lo stesso, avevi chiuso. Una volta abbiamo anche litigato, sì. Ci siamo quasi messi le mani addosso, ci aveva separato Duri, il massaggiatore. Gigi aveva il sangue caldo quando era convinto di avere ragione. Ma sapeva riconoscere la lealtà, sapeva chiedere scusa o perdonare gli errori a seconda dei casi. Era permaloso? Certe volte. Più spigoloso che permaloso. Abbiamo riso spesso di quella mezza rissa, ma se avesse voluto stendermi, farmi male sul serio, stai tranquillo che sapeva come fare. Coi cazzotti aveva una certa dimestichezza, anche in campo se necessario, per farsi rispettare. Una volta ha steso persino un paio di tifosi, in Austria contro il Wiener, per la Mitropa Cup. Prima scoppia una rissa tra giocatori, e Gigi ne abbatte subito due; poi una specie di nazista fa invasione di campo e comincia a insultare Nené. Lo insultava perché nero, capito? Gigi la raccontava così: ha avuto la sfortuna di incrociare me.

Di quei primi voli da Roma ricordo soprattutto il silenzio, si rinchiudeva in un silenzio che mi sembrava pieno di rabbia. Veniva convocato di continuo ma non giocava mai, e rientrava nervoso. Ogni volta che andava in Nazionale Scopigno diceva: trattatemelo bene che è un ipersensibile.»

«Però Fabbri lo porta ai Mondiali, in Inghilterra.»

«Occhio, quella non è stata una convocazione ortodossa, per così dire, è stata una specie di gita. Lui e Bertini erano aggregati alla squadra ma non erano nella lista dei giocatori utilizzabili. Da un lato era un'attestazione di stima, dall'altro era una sentenza: non siete pronti.»

Giancarlo ride come scosso da un pensiero, scuote la testa e ride.

«Sono andato a trovare Gigi l'ultima volta tre anni fa. Ancora gli giravano per quella storia. Ma come: mi porti al Mondiale, mi fai allenare due volte al giorno, mi fai sentire la pressione, lo stress, l'entusiasmo, e poi non mi dai nemmeno l'illusione di poter entrare in campo?

Ci ha messo due anni per diventare titolare, e quando è arrivato il suo momento c'è stata quella partita maledetta.»

«Il Portogallo?»

Faccio una domanda di cui già conosco la risposta. So tutto di quella partita, so tanto della vita di Riva ma in fondo è come rileggere i classici, il *Don Chisciotte* o il *Giulio Cesare*, una di quelle storie senza tempo che hanno sempre qualcosa da raccontare.

«Il Portogallo, certo. Il Portogallo, certo. Era il marzo del '67, ero in albergo con lui la sera prima, a Roma. L'ho raggiunto dopo cena e siamo rimasti a lungo nella hall. Di tanto in tanto uscivamo a fumare, di nascosto, perché l'allenatore non gradiva, la sera prima delle partite. A mezzanotte Gigi è salito in stanza per la ronda e ci siamo salutati. "Tanto stanotte non chiudo occhio" mi ha detto.

Era solo un'amichevole, ma lui voleva dimostrare che poteva farcela, che poteva essere il centravanti dell'Italia. Parte titolare e gli danno la numero 9. Non aveva mai giocato con un numero che non fosse l'11. Il resto è cronaca.»

Giancarlo prende il telefono e inizia a digitare qualcosa. Me lo porge, mi invita a premere play su un vecchio video della Rai: un passaggio di Mazzola libera

Riva davanti al portiere, che esce a valanga con un lievissimo vantaggio. Gigi piuttosto che togliere la gamba si farebbe ammazzare, e infatti la lascia, e il portiere lo travolge sfondandogli il perone.

«Nemmeno il rigore gli hanno fischiato.»

Il video prosegue in una maniera che non mi aspetto: Gigi Riva in un letto d'ospedale, l'umore nerissimo ma in viso una fierezza inscalfibile. Al suo capezzale un giovane Emilio Fede lo intervista per il Tg1.

Qualcuno negli anni cercherà di farla più grossa di quel che era e dirà che Riva ha immolato due gambe per la patria. Parleranno del suo martirio, del suo destino funesto. Lui di fronte a Emilio Fede si dice semplicemente dispiaciuto. Racconta la dinamica, poi fa una pausa, ci pensa e taglia corto dicendo che si spaccherebbe la gamba un'altra volta, se necessario.

«Non concepiva altro modo di giocare al calcio, tutto qui. E considera che si fa male a marzo, ma vincerà comunque la classifica marcatori. Capito? Lui a metà marzo aveva già segnato diciotto gol in campionato. È chiaro che poi in estate succede il finimondo, lo vogliono tutti.

Gigi se ne sta a Leggiuno in convalescenza, il Napoli offre quattrocento milioni, lui non ci pensa nemmeno. Avrebbe cambiato solo per andare a Milano o a Torino, a lottare per il titolo o giocare la Coppa dei Campioni.

Avresti dovuto vedere il casino, qui a Cagliari: la gente in piazza come per lo sciopero generale. E non c'erano solo i fanatici della domenica, eh, c'erano persone normali, i colletti bianchi come la povera gente, gli scansafatiche e i ragazzini, moltissime donne di tutte le età, persone per cui Gigi aveva cominciato a rappresentare qualcosa di più di un attaccante prolifico. Avevo fatto una serie di interviste per strada, durante una di quelle manifestazioni. Ricordo che una signora mi disse: "Sono qui perché mi dispiacerebbe vederlo andar via, ha gli occhi di una persona buona".

Be', queste cose lo hanno segnato, questo strano senso di famiglia allargata, per uno che di famiglia ne ha avuta poco o niente. E in un modo o nell'altro il Cagliari ha trovato i soldi per trattenerlo.»

«Ma è possibile» ci interrompe un uomo, un uomo rotondo, non più agile, avrà l'età di Giancarlo ma non lo stesso *physique du rôle*, «ma è possibile che dopo cinquant'anni racconti sempre le stesse stronzate?»

Giancarlo nemmeno lo saluta, lo guarda sornione con la consuetudine distratta riservata a chi si incontra spesso. C'è una sorta di muta complicità nello scambio dei loro sguardi.

«Ti presento un collega» dice Giancarlo indicandomi all'uomo rotondo, «un collega giornalista, uno scrittore.»

Faccio per alzarmi ma l'uomo rotondo, porgendo la mano, mi invita a stare comodo.

«E se fai uno sforzo» prosegue Giancarlo, «se lo guardi bene, se gli togli un po' di barba, secondo me l'hai già conosciuto.»

«Piacere, Leonardo.» Alla fine faccio di testa mia e mi alzo in piedi. «Leonardo Carboni» dico.

«Carboni? Il figlio di Franco? Santo cielo, il figlio di Franco, ma guarda tu. E non farmi dire quella cosa, ti prego, quella cosa che dicono i vecchi, non farmi dire che ti ho conosciuto quando mi arrivavi qui» e nel dirlo si porta la mano all'altezza dell'anca.

«Certo» interviene Giancarlo, «non dirla, perché per il resto sembreresti un trentenne.»

«Ciao, sono Diego, ti ricordi?»

«Sì, vagamente» dico per non deluderlo.

«Mi dispiace, sai, per Franco, mi dispiace tanto. Quanto abbiamo riso, però, con tuo padre. Quante partite, quante cazzate. Col pallone tra i piedi, tuo padre, Dio ci scampi e liberi, ma a cena era sempre il migliore in campo.»

Diego mi saluta con una stretta di mano gentile, con un sorriso scaltro, dice che gli ha fatto piacere, davvero.

Giancarlo lo osserva allontanarsi e rimane un po' spiazzato dalla mia domanda: gli chiedo se mio padre era così terribile, come calciatore.

«Oh, be'» prende tempo, «lo sai, no?, gli piaceva un certo tipo di gioco ruvido.»

«Cosa intendi per gioco ruvido?»

«Quel tipo di gioco tutto corsa e sacrificio, tutto cuore. Quelle cose che ti avrà detto mille volte.»

«*Fare una corsa in più per aiutare i compagni*.»

Giancarlo si abbandona sullo schienale e sorride.

«Il bello» dice «è che lui la faceva davvero una corsa in più per darci una mano. Aveva i piedi montati al contrario, tuo padre, ma quando eri spompato, quando non ne avevi più, te lo ritrovavi sempre accanto a tappare un buco, a tirare un calcione a qualcuno, sì, insomma, a correre anche per te.»

«Credo fosse la cosa che lo faceva stare meglio.»

«Correre?»

«Gli altri. La gente. Fare qualcosa per gli altri. Ti ho già raccontato la storia dei soldi?»

Scuote la testa, Giancarlo.

«Lo sai che papà con i soldi era un mezzo disastro. Non gli interessavano, non era avido, non li sapeva investire, non aveva idea di quanto costasse un litro di latte, un chilo di pane. Non che li buttasse dalla finestra, questo no, insomma lo sai com'è cresciuto.»

«Sì e no. Ho immaginato più che altro, non era una cosa di cui parlava volentieri.»

«Anch'io, per lo più, ho immaginato. Molte cose ho dovuto immaginarle. Non era un chiacchierone, lo sai. E certe volte mi chiedevo se lo annoiassi, se ce l'avesse con me, mi chiedevo cosa ci fosse dietro quei silenzi. Un dolore? Un segreto? Un tentativo di sopportare certi fantasmi? O semplicemente un modo come un altro di stare al mondo, il suo.

Comunque, senti questa: si era già ammalato, non parlava più, era in carrozzina con un lato plegico, la lesione al cervello e tutto il resto. A volte gli prendevano certe specie di raptus che non riuscivamo a gestire. Apriva e chiudeva i cassetti del comò, era una specie di ossessione. E si disperava quando lo portavamo in un'altra stanza per tentare di distrarlo. Diventava furibondo.

Poi un giorno, ma ti parlo di mesi dopo, è andata avanti per mesi questa scena, un giorno lo assecondiamo. Eravamo esausti. Apriamo i cassetti e tiriamo via tutta la roba. Calze, mutande, magliette, maglioni. E a un certo punto spuntano fuori mille euro in contanti dalla tasca di una felpa.

Li cercava da mesi, capito? Li aveva nascosti chissà quando, prima di ammalarsi, e se ne ricordava.

Dopodiché si è messo a contarli con una mano sola, a dividerli in due mazzetti. Uno per me e uno per Claudio. Ovviamente non ci riusciva, ma era tutto così evidente, per una volta, senza il bisogno di dire una parola.»

«Voleva farvi un regalo.»

«Gli brillavano gli occhi.»
«Una corsa anche per voi.»
«Hai presente un bambino felice?»
Si presenta al tavolo un cameriere con un cestello di ghiaccio pieno di frutti di stagione. Non abbiamo nemmeno ordinato e Giancarlo mi sembra come in imbarazzo.
«Qui hanno il vizio di coccolarmi» dice.
Per me sono le prime ciliegie dell'anno e ne prendo una manciata senza fare complimenti. Penso un'altra volta che ce l'abbiamo fatta, che abbiamo vinto noi.
«Senti, invece, dimmi dell'altra gamba.»
Sputo i noccioli sulla mano e li poggio sul bordo di un posacenere.
«Allora mi vuoi fare incazzare. Su, dillo: sono venuto qui per farti incazzare.»

All'altezza di maggio

«Prima dell'altra gamba viene il Messico. Ma prima del Messico viene lo scudetto. Oddio, prima dello scudetto viene il campionato europeo. Non farmi fare confusione.»

«Sei sempre stato un tipo preciso, tu?»

«Be', non sempre ma, quando ti querelano una ventina di volte, preciso ci diventi per forza.»

Si interrompe un momento, lo sguardo pensoso, poi all'improvviso dice «Scusa, ma quell'invito a comparire non potrebbe essere una querela?».

«Scrivo più che altro di libri, dischi, vecchie partite di calcio. Chi dovrebbe querelarmi?»

«Non so, un autore permaloso.»

«Scrivo soprattutto delle cose che mi piacciono.»

«Il giornalismo di oggi non lo capirò mai. Hai poi chiamato Marchetti?»

«Vuole procedere per via informale, senza chiedere un accesso agli atti, visto che non risultano imputazioni a mio carico.»

«Lascialo fare, lascialo fare. Marchetti è uomo di manico.»

Giancarlo mi porge il cestello: «Mio Dio, assaggia queste fragole» dice, e con la bocca piena ricomincia a parlare.

«Quando gli rompono l'altra gamba non è più il ragazzino ribelle che sgomita per affermarsi, l'orfano sradicato in Sardegna. È una delle persone più celebri al mondo. Io ero al Sant'Elia quando Pelé è venuto a Cagliari per giocare con il Santos. Tutto quel circo per una partita amichevole, di fatto solo per scattare una foto di Gigi insieme a Pelé. Lui che non si è mai concesso un'uscita mondana, diventa un divo. Come gli attori del cinema. Gli dedicano interi fumetti in cui viene rappresentato come una specie di Tex Willer, finisce sulle copertine di settimanali di ogni tipo, vengono coniate monete con la sua effige, Raffaella Carrà si scatena in un balletto che è una sorta di dichiarazione d'amore, con una canzone che, si direbbe oggi, lo oggettivizza sessualmente.»

«E lui, come l'ha presa?»

«La canzone?»

«Tutto.»

«Come vuoi che l'abbia presa? L'ha presa come Gigi Riva. Come una persona seria. E per mantenersi integro è diventato se stesso al cubo, ecco. Non si è mai trasformato nel divo che la gente sognava. E più si ritraeva più alimentava i contorni della sua leggenda. Lo consideravano uno strano, un tenebroso. Lui voleva solo essere libero. Andare a pesca e in officina, frequentare gli ovili e le miniere.»

Si interrompe ancora, di nuovo quello sguardo pensoso, poi un sorriso.

«Aveva un solo vezzo, i vestiti. Annibale gliel'ho fatto conoscere io. Andavano tutti da lui nella bottega di via Sonnino. Era il periodo dei colori sgargianti. Colori sgargianti e, chi se lo poteva permettere, vestiti attillati. E Gigi se lo poteva permettere, con quel suo corpo neoclassico che sembrava scolpito. Una volta ha comprato dei pantaloni talmente stretti che non riusciva a toglierli. Si è dovuto sdraiare nel lettino dei massaggi, prima di un allenamento. Ci si era messo Tomasini con Nené per levarglieli.»

«Quand'è che succede? Quand'è che diventa un divo?»

«Ti direi che comincia tutto con l'Europeo. È stata la sua incoronazione, a Roma, nel '68. L'Italia non vinceva un trofeo da trent'anni esatti. Gigi ci arriva infortunato ma fa gol nella ripetizione della finale. E non è solo che fa gol, fa proprio una partita inumana. Non l'avevo mai visto giocare così. Era dappertutto, aveva una determinazione, una voglia di lasciare il segno, una cattiveria. Devo essere sincero, ha sbagliato anche tanto quella sera, ma era sempre lì, una spina nel fianco. Eppure ricordo ancora l'intervista in televisione: non è la mia miglior partita, aveva detto.»

Giancarlo bagna la punta delle dita nel ghiaccio del cestello, e si rinfresca passandosele nella nuca, sulle tempie.

«Avresti dovuto vedere lo stadio. Settantamila persone con una torcia in mano. Ogni tanto vedo le immagini dei concerti di oggi, con le lucette dei telefoni che sbrilluccicano. Ma quelle erano torce vere: giornali arrotolati e accesi come fiaccole. Settantamila torce olimpiche che sventolavano nel cielo di Roma.»

Adesso guarda lontano, verso il mare, in un orizzonte così nitido, in una giornata così priva di nuvole che oltre il mare possono trovarsi solo ricordi puliti.

«Per lui è stata una liberazione. Vincere qualcosa, essere decisivo. Ma è stato bello solo in parte, credo.»

«In che senso, solo in parte?»

«Ti ricordi il dottor Živago?»

«Be', no.»

«Quel passo in cui dice che mangiare un'anatra da soli, in un mondo che muore di fame, non può renderci felici. O insomma, qualcosa del genere. Sai come Gigi ha festeggiato l'Europeo? Fumandosi qualche sigaretta insieme a Zoff, in un alberghetto vicino a stazione Termini. E basta. Poi non so come ma si è sparsa la voce che dormivano lì, e la notte si è presentato un gruppo di tifosi. Qualche coro, un po' di casino, due strette di mano. E basta. E sai lui cosa diceva di quella vittoria? Che gli ha dato soddisfazione. E basta.

Il punto, secondo me, è che se non hai qualcuno con cui condividerli, i successi, ti sembrano un po' meno successi. Qualcuno di così vicino che può piangere di gioia per te, con te, qualcuno che è come se aveste vinto insieme. Una madre insomma, un padre. Sai che cos'ha detto a Gianni Mura, una volta, a proposito dei suoi gol? Gli ha detto che lui non aveva nessuno a cui dedicare nulla, che lui segnava soltanto per dovere.»

Prendiamo dal cestello gli ultimi pezzi. Due strisce di ananas tagliato sottile, qualche cubetto di melone che Giancarlo sentenzia essere ancora acerbo.

«Dopo l'Europeo è stato due volte di fila capocannoniere della serie A. È arrivato secondo al Pallone d'oro in un'edizione controversa vinta da Rivera. Viene citato nei grandi film, nei romanzi, nelle canzoni. Pasolini lo definisce un poeta realista. Nel '70 vince lo scudetto e arriva al Mondiale del Messico additato da tutti come il Pelé bianco. Doveva essere il suo Mondiale, e in parte lo è stato, del resto ha segnato tre gol, cos'altro gli vuoi chiedere? Ha messo la firma su Italia-Germania 4-3, è stato tra i protagonisti di un secondo posto storico contro un Brasile di fenomeni.»

«Però?»

«Però lo hanno criticato. Volevano di più, avevano altre aspettative dal divo che loro stessi avevano costruito – e che lui si è sempre rifiutato di interpretare. Sai cosa diceva Oscar Ruggeri?»

«Non so nemmeno chi è, Oscar Ruggeri.»

«Un argentino che ha vinto il Mondiale. Diceva che a volte chiediamo più alla Nazionale che a Dio. Ma Gigi lo sai, era un orgoglioso, un testardo. Si è rimesso sotto come un toro e a settembre è ripartito con un'andatura impressionante. Tutti, non solo lui, andavano a mille. Erano oltre la soglia del rendimento medio dell'anno dello scudetto.

Vincono all'esordio in Coppa Italia, vincono all'esordio in campionato. Ne fanno 4 a Roma con la Lazio. C'era anche Berlinguer, sai, a vedere quella partita. Dopo il quarto gol lo stadio si alza ad applaudire e la figlia di Berlinguer gli chiede: "Papà, ma il Cagliari sta giocando in casa?".

Ti dico che quell'anno avremmo vinto tutto. In Coppa dei Campioni, nel nuovo stadio appena inaugurato, davanti a sessantamila spettatori, ne fanno 3 al Sant'Etienne campione di Francia. E Riva segna sempre, ogni partita. A San Siro contro l'Inter altri due gol, e anche stavolta lo stadio si consegna a quel manipolo di sardi adottati, saliti a Milano a far bardana. Sul 3 a 0 Mazzola si avvicina a Gigi e gli chiede il favore di andarci piano, sì, insomma, di fermarsi. Dopo quella partita Gianni Brera si inventa quel guizzo che lo ha consegnato alla storia: "70.000 spettatori se li è meritati Riva, che qui soprannomino Rombo di Tuono". Era l'autunno del '70, erano inarrestabili.»

Giancarlo scuote la testa, poi riprende a parlare.

«E tu dimmi se non mi deve stare sulle palle, la Nazionale.»

«Era un'amichevole?»

«Era un'amichevole.»

«Contro l'Austria, giusto?»

«La cazzo di Austria, sì.»

«Il boia del Prater.»

«Norbert Hof. Non ha avuto nemmeno il coraggio di guardarlo in faccia. Gli girava intorno senza guardarlo, capito?»

Questa, dice Giancarlo, non vuole rivederla sul telefono, gli fa troppo male. Tibia e perone, mi dice, con interessamento dei legamenti. Molto ma molto peggio dell'altra volta.

Tornerà in campo a primavera inoltrata, la gamba destra più corta di due centimetri, i muscoli scomparsi.

Senza di lui il Cagliari uscirà dalla Coppa dei Campioni, in campionato finirà lontano dalle posizioni di vertice.

«Hof giocava per il Wiener, si erano già affrontati in Mitropa Cup, la volta che Gigi ne aveva scazzottato due o tre. Be', uno era lui. Quella carogna se l'è legata al dito. È entrato da dietro, a forbice, per fargli male, si vedeva lontano un chilometro.»

«E quella volta come ha reagito?»

«Io non vorrei ripetermi, ma ha reagito come Gigi Riva. Non si è fatto sentire per mesi, è scomparso, si è rimesso a lavorare duro, in silenzio. Le uniche parole in un comunicato diffuso dalla clinica in cui è stato operato. Me lo ricordo parola per parola: "Conosco il senso del ridicolo, non sono né un eroe né una vittima, sono solo un giocatore infortunato e non mi va di recitare".»

Restiamo in silenzio.

Sopra il chiosco passano in volo due gabbiani.

Alziamo lo sguardo attirati dal suono insopportabile dei loro versi sgraziati.

«E lui cos'è stato, per te, a ripensarci dopo tutto questo tempo?»

«Be', prima di tutto è stato un mio amico. Gli ultimi anni avrei dovuto insistere, sai, quando non voleva uscire di casa. Ma mi sembrava di essere inopportuno, di mancare di rispetto alla sua decisione, anche se in fondo sapevo di sbagliare. Se n'è andato un amico, cosa ti devo dire?, una persona buona, complessa a volte, ma generosa. Sempre.

Ti dico questa ma ce ne sarebbero centinaia: quando Annibale ha dovuto chiudere la sartoria, Gigi ha chiamato i compagni di squadra per dare una mano, tirar su qualche soldo se necessario. Lo facevano di continuo, per Nené lo hanno fatto sino alla fine, quando ha avuto bisogno di assistenza. Ma per me è stato, oltre l'affetto, per riassumere in una parola, ti direi che è stata un'opportunità.»

«Un'opportunità?»

«Sai, era un momento, in questa parte di mondo, in cui tutto sembrava possibile. E lui per me ha incarnato questo senso di possibilità. Capisci bene che un mondo in cui il Cagliari può vincere lo scudetto è oggettivamente un mondo in cui tutto è possibile.»

Si guarda intorno, con la testa indica la spiaggia, il chiosco, il mare.

«Vedi la vita che faccio, no? Di cosa mi devo lamentare? Cosa devo rimpiangere? Ma ti dico che la vita, come ci scorreva nelle vene in quegli anni lì... Tu dirai: per forza, avevi venti o trent'anni, eri un ragazzo. Certo, ma oggi un ragazzo di venti o trent'anni non respira quello stesso senso di futuro, non gli passa tra i capelli lo stesso vento del possibile. Almeno secondo me. Avevo ventiquattro anni quando i Beatles hanno fatto l'*album bianco*, era l'anno del Maggio francese, erano gli anni della liberazione sessuale, delle battaglie femministe, dei diritti per tutti. Noi abbiamo visto nascere il welfare, abbiamo visto i figli dei contadini che per la prima volta potevano curarsi i denti, abbiamo conosciuto un mondo in cui i soldi giravano e giravano e sembravano non finire mai.

Lascia stare poi che abbiamo mandato tutto in vacca. In fondo io ho solo avuto il culo di avere venti o trent'anni in quegli anni lì, di diventare un giornalista in quel momento, di raccontare le avventure incredibili del Cagliari di Gigi Riva. Ma voi, e te lo dico con affetto, voi vi siete seduti a tavola quando la cena era già finita.»

Il cameriere si ripresenta discreto per sparecchiare il cestello ormai vuoto. Con uguale discrezione Giancarlo gli consegna una carta di credito e gli fa cenno di avvicinarsi. Gli parla praticamente all'orecchio, riesco a distinguere poche parole, mai quelle del cameriere.

«Il polpo è quello di Renato?»

«...»

«Mmh. E chi c'è in cucina?»

«...»

«No, grazie, oggi non mi trattengo.»

Poi, rivolto a me: «Il polpo è una cosa seria, va bene?

Io voglio mangiare quello pescato da Renato, cucinato da Ada. Alla mia età, le delusioni, se permetti, cerco di risparmiarmele. Ma adesso dimmi un po', tua madre come sta?».

«Mamma sta bene. Credo. Voglio dire, lei è forte. Certe volte non so dove le trova le forze ma è sempre indaffarata, sempre in giro, non sta ferma un momento, se la chiami al telefono e le chiedi "Andiamo a..." lei ha già risposto di sì, senza nemmeno sapere dove.»

«È sempre stata forte, sì.»

«Però ha addosso una malinconia, Giancarlo. Anche a me manca papà ma non è la stessa cosa, non può essere la stessa cosa. È come se... il fatto è che le giornate ti fanno degli agguati, capisci?, e sono le cose più stupide, le cose che non ti aspetti. Che ne so, stai guardando Lilli Gruber, no?, e senza nemmeno accorgerti ti ritrovi gli occhi sul punto di scoppiare, perché prima Lilli Gruber era una specie di rituale, e sempre c'era un commento sulle sue giacche, su quanto Lilli fosse elegante o audace, o su quella volta che ha proprio sbagliato outfit. Una cosa piccola, mi dirai, una cosa da niente. Ma il fatto è che finisce per mancarti il suo punto di vista sulle cose, su tutte le cose. Che sia la riforma della scuola o il posto dove andare in vacanza, l'ultimo libro di Elizabeth Strout o le giacche di Lilli Gruber.»

«Stiamo sempre parlando di tua madre?»

Sorrido, abbasso lo sguardo, torno serio.

«Sto parlando delle piccole cose che ci danno il tormento. Sono dappertutto, le piccole cose. Quelle grandi saranno pure importanti, ma fai sempre in tempo a vederle arrivare, sono grandi, fai in tempo a prepararti, in qualche modo le affronti. Le piccole cose no, saltano fuori quando vogliono loro e sono capaci sempre, sempre, sempre, di mandarti il cuore in pezzi. E per mia madre sono cinquant'anni di piccole cose, nascoste dappertutto.»

«Non l'avrei detto, sai?»

«Non avresti detto cosa?»

«Che mi saresti diventato un sentimentale.»

Fruga in un borsello senza smettere di guardarmi, tira fuori un mozzicone di sigaro, lo accende.

«Ma tieni duro, Leonardo, in fondo siamo a maggio, il peggio è passato.»

Intorno a noi un gruppo di ragazzi in vela da scuola si toglie scarpe e magliette, ragazzi rumorosi e sboccati e così pieni di stupidaggini imperscrutabili, bellissime e leggere, così pieni di incertezze granitiche.

Penso che mi piacerebbe scrivere a Elisa, chiederle se per caso non sia a Cagliari, in questa giornata che annuncia l'estate e che lascia immaginare che tutto sia facile, d'ora in poi, che basti uscire di casa perché succeda sempre qualcosa di bello, una festa una danza un bambino che nasce, un'avventura da raccontare o qualcosa di cui ridere, specie la notte, quando andare a dormire sembra una sciocchezza che ruba tempo all'allegria.

Mi alzo, ringrazio, stringo la mano.

«Non siamo mai all'altezza di maggio» rispondo.

I sardi non esistono

Mentre sono in volo per Torino mi torna in mente una frase che ripete spesso Giuliana, la mia vecchia prof di storia all'università con cui ogni tanto ancora mi vedo per il piacere di parlare delle cose della vita, davanti a una birra o a un piatto di calamari. I sardi non esistono, dice Giuliana.

Un'ora scarsa di volo e provano a vendermi di tutto. Profumi panini gratta e vinci. E penso che Riva non si è venduto mai. Mai una pubblicità mai una marchetta mai un'idea di soldi facili. Solo ingaggi e premi partita. Erano tempi in cui si dava tutto sul campo perché solo dal campo venivano i guadagni. Dalle maglie sudate, maglie in lana grosse come sacchi di iuta.

Zeffirelli gli ha offerto cinquecento milioni per girare *Fratello sole*. Voleva fargli fare san Francesco ma lui, Riva, figuriamoci.

I sardi non esistono come non esistono i napoletani, sostiene Giuliana, o i romani gli abruzzesi i parigini, per il semplice fatto che sono molto diverse tra loro, le persone tutte, e che non esiste dunque un carattere unico e un unico modo di vivere la vita, e che è sempre troppo comodo o facile o retorico procedere per generalizzazioni.

Ci penso perché sono sicuro che non si parlerà così tanto dell'essere sardi come in questo incontro lontano dalla Sardegna.

Sblocco il telefono all'atterraggio, disattivo la modalità aereo e trovo due messaggi che non mi aspettavo di ricevere. Uno è di Gildo. Una foto di lui in piedi che fa ok col pollice, davanti al suo bel letto d'ospedale, mentre sorride con tutta la faccia al posto giusto, sorretto da un fisioterapista.

L'altro è di Elisa. Mio Dio. Una foto dal traghetto. "Sto venendo a Cagliari" scrive.

Ma io sto andando a trovare Bernardo e so già che parleremo di radici legami nostalgia, parleremo di identità anche se non ho bene idea di cosa sia, l'identità, ma so che basta un attimo per sprofondare in quel tipo di retorica pelosa che non sono capace di maneggiare.

"Io sono sardo perché sono di poche parole" ha detto Riva sei mesi prima di morire.

Oggi non mi va di prendere il taxi, così affitto la macchina rossa del car sharing. Amo guidare in città che non sono la mia, soprattutto a Torino dove ho molti amici e qualche riferimento, il lungo Dora e corso Moncalieri, piazza Santa Giulia e corso San Maurizio, i viali e i controviali, che quando ci azzecco mi prende una soddisfazione, nemmeno fossi riuscito a calcolarmi le tasse da solo.

Mando un vocale a Ilaria e Bibi chiedendo indicazioni precise per Barriera di Milano. Loro mi dicono di passare a prenderle in Vanchiglia, che mi ci accompagnano volentieri. Ma non riusciamo con gli orari quindi mi arrangio da solo, tanto più che in Barriera sono già stato, con loro e con Gianvito, al circolo Risorgimento a pranzo la domenica, all'hub di via Baltea a vedere il teatro di strada, in un giorno bollente proprio come questo giorno di giugno, l'asfalto che sembra evaporare e io che comunque sono sempre felice, con tutta questa luce, io che mi sento sempre a mio agio sopra i trenta i gradi.

Dall'aeroporto non impiego nemmeno un quarto d'ora. Il centro è lontano appena due chilometri ma in Barriera tutto è diverso. I portici, i palazzi sontuosi, i ghirigori savoiardi: tutto sparito. Siamo alla periferia Nord, quartiere industriale e proletario e vivo di una vita che sembra bruciare, tra le case di ringhiera e le sedie in plastica dei bar che invadono i marciapiedi agli angoli stondati di certi slarghi.

Parcheggio su corso Giulio Cesare e mi perdo per queste strade piene di mercati in cui i colori delle facce sono i colori di tutto il mondo.

Con Bernardo ho appuntamento alla fermata del tram. Questa, mi ha detto, è l'ora in cui esce a sgranchirsi le gambe.

Mi fermo, osservo, aspetto. Dev'essere il capolinea perché la carrozza è stipata di gente. Scendono almeno cinquanta persone. Marocchini bengalesi nigeriani. Una donna senegalese vestita di bianco tiene in grembo un bimbo avvolto in una specie di fagotto che le consente di avere le mani libere. Nelle mani due grosse buste piene di qualcosa che non riesco a vedere.

«Cinquant'anni fa» dice Bernardo che mi viene incontro camminando piano, «cinquant'anni fa scendevamo noi, da questi tram.» Sardi calabresi siciliani. Con perfetta identità di aspirazioni e sogni.

Cammino accanto a lui tarando l'andatura sui suoi

minuscoli passettini. Indossa una camicia celeste a maniche corte sotto la quale si intravede una canottiera bianca. Non un alone di sudore sulla schiena, sotto le ascelle, sul petto. Ma ogni tanto si asciuga il collo con un fazzoletto di stoffa.

Camminiamo sino al suo appartamento di via Leinì, al primo piano, una casetta graziosa e nemmeno piccola, con quel tipico odore che hanno talvolta le case dei vecchi.

Solo l'ingresso è buio, per via di uno stretto corridoio su cui non si affacciano le stanze se non dopo qualche metro. La sala invece è ben esposta su una corte interna ampia e piena di dignità. Ovunque tende da sole a strisce biancoblu sventolano pigre sui ballatoi, appena scostate da una brezza tiepida e moscia.

Su un tavolino ad angolo vedo una serie di foto custodite in cornici d'argento. In una riconosco Attilio. In quella accanto c'è una donna bionda che assomiglia a Caterina Caselli.

«È mia moglie» dice Bernardo, «è morta tre anni fa. Sai, non pensavo che fosse possibile, ma anziché mancarmi di meno, mi manca di più ogni giorno che passa.»

Dietro di loro, in una cornice più grande, c'è Riva da giovane.

E questo è un fatto che ormai ha smesso di sorprendermi. In tutte le case dei sardi che val la pena frequentare c'è un'immagine di Riva in maglietta e calzoncini. Ma non adesso che è morto. È così da sempre, da quando era solo un ragazzo. E non solo nelle case ma nelle botteghe, nei bar, negli studi notarili, nelle redazioni dei giornali, nelle edicole, nelle sale d'attesa dei medici di base, dappertutto.

Lo stesso Riva non ne rimaneva colpito più tanto, dopo le prime volte, dopo aver girato per i paesi, quando lo invitavano ai battesimi, ai matrimoni, agli spuntini – come chiamano gli infiniti banchetti nel centro di questa nostra grande isola, quando lo invitavano e lui si presentava con Boninsegna e Tomasini, con Cera e Domenghini, e si ritrovava incorniciato in mezzo agli affetti più cari nelle povere case di perfetti sconosciuti. A questo alludeva, Gigi, nel dire che lo hanno fatto sentire uno di loro.

Bernardo è venuto a Torino nel '64, quando in Sardegna non sapeva bene che fare e tra i racconti felici degli emigrati si rincorrevano le storie di chi ce l'aveva fatta, di quelli che, certo, casa è casa, ma vuoi mettere farsi una vita, strapparsi alla povertà vigliacca che alita sul collo, votarsi a quel sogno piccolo borghese che chi siamo noi per giudicare, sul serio, chi siamo?

«Proprio nel '64, l'anno che siamo saliti in serie A. Sono finito in Barriera perché lavoravo in un ombrellificio da queste parti. Facevamo gli ombrelli a mano, t'immagini? Poi mi hanno assunto in fabbrica, ci ho passato quarant'anni.»

«In fabbrica dove?»

«Dove finivano tutti, in Fiat. Ma alle fonderie, che prima stavano sempre qui in quartiere, poi le han spostate a Mirafiori, dall'altra parte della città.»

Noto due cose nel suo modo di parlare: il tono basso e pacato, lo stesso di suo fratello, e un accento sensibilmente piegato da oltre sessant'anni di emigrazione.

Intanto che parla, Bernardo, continua a guardare la foto di Attilio.

«Mi mancano le nostre telefonate. Sentire quella cadenza, quella parlata, quelle parole con cui sapeva colorire certi concetti. Io sono una persona semplice, sai, mi sono fatto una cultura da adulto ma resto uno che si accontenta di poco, e quando parlavo con Attilio rimanevo in pace tutto il pomeriggio, a sorridere, perché magari mi diceva che Nora, per pranzo, aveva preparato *sitzigorrusu*. E le bambine mi dicevano: "Papà, papà, perché stai ridendo?". "Perché zio Attilio ha mangiato *sitzigorrusu*." E allora anche loro ridevano come matte, mi chiedevano di tradurre e dicevo loro: "Lumache, zio Attilio ha mangiato le lumache".

Scuote piano la testa, emette un piccolo sbuffo.

«Sono le cose più stupide, le più strane, che ti fanno sentire nostalgia di un posto, di una persona.»

Mi dice di avere tre figlie, tutt'e tre laureate al Politecnico, Alessia, Carlotta e Silvietta.

«Per un certo periodo ero convinto che sarei tornato in Sardegna. Non avevo dubbi.» Con la testa indica la foto delle sue figlie bambine. «Poi le guardavo crescere e un giorno mi sono reso conto che erano tre piccole adorabili torinesi. Sarei potuto tornare, certo, ma mi sembrava di privarle di qualcosa. Qualche opportunità, che ne so, un'istruzione migliore, ospedali migliori, viaggi più comodi. Ma soprattutto delle radici, mi sembrava di privarle. Io lo so cosa vuol dire sradicarsi. Lo so quanto si soffre e non volevo... ecco, sì, non volevo che succedesse anche a loro per un desiderio che era soltanto mio.»

Penso a mio padre che non si è mai spostato, a mio padre che piange quando arriva il telegramma dell'Enel con scritto "Assunto". E penso a me, che ugualmente non mi sono mai mosso, e mi chiedo cosa potrebbe essere, per me, strapparmi alla terra in cui ho amato sofferto e fatto il buffone, cosa sarebbe perdermi nel mondo, essere uomo fra gli uomini, finalmente libero, con la maschera che gli altri mi cucirebbero addosso, lo straniero il sardo l'isolano.

«Non c'erano gli aerei come oggi, tornare si tornava una, due volte l'anno. Perciò quando il Cagliari giocava al Nord era una specie di festa, era un modo per ritrovarci. Arrivavano i pullman dalla Germania, dalla Svizzera, l'anno dello scudetto scendevano addirittura dal Belgio! E ovviamente da Milano, dalla Brianza, dal Veneto. Certe partite eravamo otto, novemila persone. Era una scusa per sentire i suoni della nostra lingua, i nostri sapori, gli odori della Sardegna.»

«Insomma era una scusa per mangiare.»

«Una scusa per mangiare, certo, anche quello. Poche cose ci facevano star bene come il cibo di casa. Non che fosse migliore o peggiore di quello che mangiavamo qui. È solo che era *nostro*, capisci? Adesso il pane carasau lo trovi in tutti i supermarket, prima dovevi fare le scorte. E le scorte finivano presto.

Ti sembrerà stupido, ma dopo ogni partita ci veniva da piangere.»

«Da piangere? E perché?»

«Perché la squadra poteva tornare a casa, noi no.»

Bernardo mi invita a sedere su una vecchia poltrona di velluto lilla, che forse è soltanto un viola sbiadito. Mi siedo, si siede, riprende a parlare.

«Poi è arrivato un momento in cui non era più una scusa per stare tra noi. È diventato un modo, come posso dire?, un modo per non sentirci inferiori, ecco. Non c'è bisogno che te lo dica io, vero, come trattavano i meridionali al Nord, in quegli anni? Che poi, noi sardi, siamo meridionali?»

«Devo rispondere?»

«Sì, se ci riesci.»

«Una mia amica dice che i sardi non esistono.»
«Io dico che i sardi esistono eccome. Esistono molto più di certi altri popoli perché vengono da un'isola, e quando uno nasce e cresce su un'isola vede il mondo in un certo modo, va bene?»
«Va bene.»
«Dicevo, non era più una scusa per ritrovarci, no, era una maniera per affermarci, per rivendicare il fatto che arrivavamo proprio da quella parte del mondo e che per una volta potevamo esserne orgogliosi. Questo è stato Gigi Riva, per noi. Per una volta, per la prima volta, eravamo i più bravi di tutti. Gigi lo ha raccontato spesso: dagli spalti ci gridavano "Banditi, pastori!". Ma sai quanti sardi c'erano nella squadra che ha vinto lo scudetto? Manco uno! Però era tutta gente che viveva in Sardegna da cinque, sei, sette anni. E sardi piano piano ci si sono sentiti, e non me le dimentico le parole di Riva quando dice che alla fine ce l'abbiamo fatta, che alla fine abbiamo vinto noi, banditi e pastori.»
Bernardo prende fiato un momento, inclina la testa verso i ballatoi, lo sguardo oltre la portafinestra.
«Ma lei, oggi, si sente torinese?» chiedo.
Ci pensa su, lo sguardo sempre lontano.
«Ti dirò, sì, in parte sì, oramai. Alla fine anche la mia è stata una scelta, una scelta al contrario. Adesso è come se fossi due cose insieme.»
Guarda fuori un'altra volta, pensa, esita un istante.
«Per noi Riva era una specie di sindaco, il sindaco della Sardegna. Anzi il nostro sceriffo. Nel senso che ci rappresentava ma soprattutto ci difendeva. La sua rabbia era la nostra rabbia, il suo desiderio di affermazione, i suoi modi sussurrati, la sua tempra, quella

sua predisposizione a essere serio. Lo sentivamo vicino, ecco, o semplicemente avevamo l'ambizione di somigliargli. Ti assicuro che andare in fonderia, il lunedì, dopo una vittoria del Cagliari, aveva tutto un altro sapore. Mi viene ancora la pelle d'oca, sai, se ripenso al '68. Era novembre, faceva già un freddo cane. Be', quell'anno lì abbiamo vinto a Torino contro la Juve, 2-1 in rimonta, gol di Riva e Boninsegna. Non era mai successo, capisci? Era solo calcio, lo so, ma non sono mica sicuro che fosse solo calcio.»

Si interrompe ancora, sospira, sorride.

«Che roba quell'anno lì. Prima di tutto era tornato Scopigno. E si vedeva da subito che era tutta un'altra roba. Non è vero, sai, come si dice in giro, che lo hanno esonerato per quella storia di Washington, quella era soltanto una favola.»

«Ma come, una favola?»

«Ma certo, è solo che Scopigno era uno che si faceva fatica a gestire, e a certi dirigenti la cosa non andava giù.»

«Ma ho parlato con un suo amico, qualche mese fa, me lo ha detto lui.»

«Fammici parlare a me, con questo amico, che gli spiego un paio di cose.»

Bernardo ride e insiste: «Chiamiamolo davvero questo amico di Scopigno». Pronuncia la parola *amico* con un tono ironico, come a volerlo mettere tra virgolette. Chiamiamolo questo "amico" e vediamo chi ha ragione.

Ride ancora e così mi sento autorizzato a chiamare Gildo.

Il telefono è libero.

Squilla una, due, tre volte, ma Gildo a un certo punto butta giù. Mi richiama poco dopo addirittura in video, per mostrare il suo sorriso tutto intero, la sua postura eretta, insomma i suoi progressi.

Appare nello schermo seduto a un tavolino. Sta mangiando da solo, impugna la forchetta con la mano destra e usa la sinistra per reggere il telefono.

«Prima ci facevo gli assoli, guarda adesso a che cazzo mi serve questa mano, al massimo posso usarla come treppiede. Ma con chi sei? Chi è sto vecchio?»

Ci parlo, gli spiego.

«Ma digli a quel vecchio di non dire stronzate.»

Bernardo prova a ribattere ma il suo tono di voce sembra avere una frequenza che Gildo non riesce a captare. Gli domando la versione di Scopigno, su quel fatto in ambasciata, se ricorda esattamente cosa gli avesse detto.

«Ma che ne so, non ne abbiamo mai parlato, io ero in tournée, ci siamo rivisti l'anno dopo e via, amici come prima.»

Gli chiedo allora come fa a esserne sicuro.

«Ma a me non importa di esserne sicuro. Mi importa che, per come l'ho conosciuto io, avrebbe potuto farlo, ecco. Manlio è uno che l'anno dello scudetto è stato squalificato cinque mesi, lo sai, no? Aveva detto a un guardalinee di mettersi la bandierina in quel posto. Manlio è uno che alla "Domenica sportiva", con il campionato appena vinto, al conduttore che gli ha chiesto come ci si sente da campione d'Italia ha risposto: "Come uno che c'ha sonno". La sai, no, quella del ritiro di Asiago? Quando Riva, Albertosi e altri due stavano giocando a poker, gozzovigliando sino a notte fonda con alcol cibo e sigarette, la stanza una nuvola di fumo. La sai, no? Be', a un certo punto bussa Manlio, Gori si nasconde sotto il letto, Gigi va ad aprire. Scopigno entra, si siede e li guarda: disturbo se fumo?»

Bernardo stavolta ride.

Ridiamo insieme.

«Se ha pisciato o meno in quel giardino, per quanto mi riguarda, è del tutto irrilevante.»

Arrivato a questo punto non solo non so cosa siano i sardi, ma non so nemmeno più distinguere il vero dal falso. Arrivato a questo punto mio padre ha tagliato davvero i capelli a Gigi Riva, gli ha sfoltito le basette, lo ha sbarbato di pelo e contropelo, e Riva lo ha guardato senza dire nulla, come faceva lui, e mio padre, senza dire nulla, come faceva lui, gli ha stretto la mano. Senz'altro si saranno guardati, avranno sorriso con educazione, si saranno detti grazie, arrivederci, se proprio si sono detti qualcosa.

«Senti, scrittore» mi dice Gildo, «quand'è che torni?»

«Torno domani a metà mattina.»

«Be', casomai passa a salutare, un giorno che non hai un cazzo da fare» e butta giù.

Bernardo scuote la testa come a dire: te l'avevo detto.

Io gli dico «Va bene, è tornato Scopigno, e poi?».

«E poi abbiamo capito per la prima volta di essere alla pari. Non eravamo più la squadra che ogni tanto fa lo sgambetto alle grandi. Eravamo grandi per davvero. Sai cosa diceva Gigi? Diceva che non avevamo una grande società alle spalle, però eravamo dei barbari che andavano a saccheggiare Milano e Torino.

Sai, un periodo andavo allo stadio con quelli del circolo dei sardi di Biella, c'erano due amici con cui sono cresciuto. Stessa età, stesso quartiere, stesse scuole. Avevano uno striscione con la scritta: NON CON L'ORO MA CON LA SPADA. L'oro era quello degli Agnelli, i soldi. La spada era il modo che aveva Gigi di combattere per noi.»

Poi rimane zitto qualche secondo, si batte una mano sulla coscia e dice: «Ecco, per esempio, i circoli dei sardi. Se i sardi non esistono, come fanno a esistere i circoli dei sardi? Non ci sono mica i circoli dei pugliesi, o i circoli dei campani, dei molisani».

«Ci sono quelli dei calabresi, ce ne saranno anche degli altri.»

«Pochi però, e non sono certo strutturati come i nostri.»

È il primo rigurgito di sciovinismo che sfugge a Bernardo dall'inizio del nostro incontro. Però ha ragione lui: i circoli dei sardi sono come delle ambasciate enogastroculturali in giro per il pianeta, hanno le loro istituzioni, la loro democrazia, i loro bilanci, le loro attività. Soprattutto, sono più di centotrenta.

«Dovresti passarci, al circolo, prima di ripartire.»

Controlla l'orologio, sbuffa, dice che il circolo Gramsci a quest'ora è chiuso. «Ma puoi passare al bar Pietro, al bar Pietro trovi sempre qualcuno. Se passi chiedi di Peddis, digli che ti mando io.»

Bernardo mi accompagna alla porta, passetto dopo passetto, inesorabilmente piano. Nel salutarmi non sa bene se stringermi la mano o darmi due baci. Alla fine decide di abbracciarmi.

«Salutami Nora» dice accompagnando la porta alle mie spalle, «salutamela tanto.»

Bon

Mi ritrovo su un vecchio tram che attraversa tutto corso Giulio, come dicono qui "in sincera confidenza". Il tram è pieno, il caldo è molto, forti gli odori. Superiamo il Balòn e porta Palazzo, in pochi minuti siamo già in centro.

Il bar è in Quadrilatero e nell'insegna c'è scritto PIOLA SARDO-VENEZIANA. Vengo accolto da un uomo che sfodera un forte accento veneto, si chiama Filippo.

«Mi manda Bernardo» dico, ma lui non ha idea di chi sia.

Allora gli chiedo di Peddis e mi dice che sì, Peddis lo conosce. Controlla l'orologio e precisa che lo conosce al punto da sapere che sarà qui tra dieci minuti, un quarto d'ora al massimo.

Domando se esistono i circoli dei veneti in giro per il mondo, mi chiede se lo sto prendendo per il culo ma giuro che no, sono solo curioso.

«Esistono ma ne so poco e niente, so che sono una trentina o qualcosa del genere.»

Poi mi dice che il Bar Pietro è aperto dal 1968 e ha una doppia anima, doppie radici, questo vuol dire piola sardo-veneziana.

«Ma poi a un certo punto tutto si mischia, spritz e

cannonau» spiega sorridendo,«e vitello tonnato, che siamo pur sempre a Torino.»

Penso allora che se i sardi sono qualcosa, ecco, probabilmente sono gente che si mescola.

Il bar è un posto in cui il tempo è fermo agli anni Settanta, con il legno alle pareti, gli scaffali a specchio invasi di liquori, persone che giocano a carte, gente che traffica avanti e indietro tra la sala e il dehors.

Filippo mi versa del vino rosso in un piccolo bicchiere da osteria. Dietro il banco c'è un uomo dai folti baffi con un canovaccio poggiato sulla spalla e una posa da burbero che si scioglie presto in una battuta, dopo qualche istante di studio, grazie a un'ironia piuttosto ruvida che mi fa venire voglia di sedermi e aspettare.

Peddis arriva poco dopo. Ha la testa rasata, la barba incolta e un'aria da dandy. Si muove per il bar con la sicurezza di chi si sente nel suo habitat. Mi guarda, si guarda intorno, saluta Filippo con un cenno del mento, si siede accanto a me.

«Quindi tu saresti lo scrittore. Ho saputo, sai, Bernardo mi ha detto. Sei quello che vuole scrivere di Riva.» Fa una piccola pausa per stringermi la mano. «Ma sei scemo?» aggiunge.

L'uomo coi baffi porta un altro bicchiere e lascia al tavolo l'intera bottiglia. Peddis versa da bere a entrambi. Facciamo cin. Beviamo un sorso.

«No, è solo che io ti dico: stai attento.»

«Ma attento a cosa?»

«A quello che scrivi. Tutti sono convinti di sapere tutto di Gigi Riva. Di saperne un pezzetto in più di tutti gli altri.»

«E tu che cosa sai?»

Si alza, Peddis, mi invita a seguirlo nella sala lunga

che porta ai bagni. Indica una bacheca su cui sono appuntate diverse cose. Fotografie, flyer di incontri culturali, locandine di eventi gastronomici, bandiere dei quattro mori, cartoline di Venezia e una grande foto di Riva con scritto: GRAZIE. Mi dice che era appesa sulla porta del circolo il giorno del funerale, con la bandiera sarda a mezz'asta sulla facciata, e queste parole riportate in calce:

> Grazie per averci fatto sentire, anche a distanza, partecipi di una Sardegna migliore.
>
> Grazie per essere stato il carburante della nostra emancipazione di emigrati a Torino.
>
> Il rifiuto delle lusinghe, del denaro e della gloria facile della famiglia Agnelli è stato motivo di orgoglio per i sardi delle catene di montaggio a Mirafiori.
>
> Grazie Gigi, eroe del nostro tempo, per occupare un posto fondamentale nel Pantheon laico di tutti i sardi, insieme a Gramsci, Deledda e Berlinguer.

«Questo so» mi dice, e torniamo al tavolo dove parliamo dei sardi lontani e dei sardi vicini, e dove parliamo di Torino, che tutto sommato, aggiunge Peddis, ancora ci si vive bene.

Quando torno dal bagno lo vedo già in cassa a pagare la bottiglia, lo vedo cioè prodursi in un gesto che, con buona pace di Giuliana, è oggettivamente identificabile come sardo, omologato al tribunale del sughero. Mi fa ciao da lontano, si infila gli occhiali da sole, saluta Filippo e l'uomo con i baffi, quindi scompare per strada svoltando l'angolo.

La mia trasferta si conclude in piazza Santa Giulia con Ilaria Bibi e Gianvito. Siamo tre sardi e una torinese in una giornata interminabile di fine giugno, con la luce che non si spegne e quel tepore benedetto per cui è necessario stare fuori di casa, stare in mezzo alla gente, mischiarsi conoscersi esagerare.

Ilaria mi dice che tra due giorni ha il suo primo incontro di pugilato.

«Ma pugilato pugilato? Ma sei matta?»

«Pugilato pugilato» dice ridendo.

Ci raggiunge Giorgia, un'amica di Bibi, che ordina da bere e saluta tutti con due baci. Indossa una camicia bianca con un fiocco nero a mo' di cravatta, quel tipo di eleganza un po' ricercata di chi è appena uscita dall'ufficio ma non si sente fuori luogo in una piazza per lo più frequentata da studenti.

«Piacere, Giorgia» mi dice. Ha labbra pienissime e belle, capelli lisci di un castano quasi ramato e un modo perfettamente torinese di chiudere le frasi con *bon*, che mi sembra uno svolazzo delizioso.

«*Hello*» mi dice Gianvito. «Come va? Stai scrivendo?»

Gianvito è un sardo di Olbia e vuoi per la lingua, vuoi per la geografia, ma i sardi di Olbia risultano ancora più indecifrabili. A Torino si occupa di studiare Leopardi come ricercatore all'università. Cioè lui si alza la mattina, tutte le mattine, arriva in biblioteca e pensa a Leopardi, tutto il giorno, sino a sera.

Che roba.

«Stai scrivendo?» ripete, ma io gli dico che mi sembra la versione aggiornata di certe vecchie domande fuori moda, tipo "Embè, quando ti laurei?", "E la fidanzata, ce l'hai la fidanzata?".

In quel momento arriva Toshi, che non è indecifrabile come un olbiese ma è comunque un pezzo raro, un cagliaritano di origini giapponesi.

Saluta e ci abbraccia, prende da bere a sua volta.

Se non sei felice nelle sere di giugno, mi viene da pensare, se non sei felice in una piazza piena di gente, a brindare con gli amici, in questo tripudio di sardi italiani e nippo-europei, forse devi farti vedere da qualcuno.

«Bon» dice Giorgia alzando il bicchiere, «all'estate.»

Passano due ore che ci sembrano cinque minuti. Vedo Giorgia che arrotola un po' di tabacco e le chiedo se ha da fumare anche per me.

«Certo, tieni.» Mi porge il suo astuccio con tutto il necessario, ma io mica sono capace.

«Ma come?»

«Sei matta? Poi mi prendo il vizio. Io nemmeno fumo, a dirla tutta. Fumo solo certe sere di giugno, solo quando sono felice.» La guardo, mi avvicino, sorrido. «Adesso diventeremo amici per sempre, ok?, perché stai per girarmi una sigarettina.»

Giorgia fa finta di niente ma io la vedo che sorride, la vedo che ridacchia delle mie scemenze. E quando ridono o ridacchiano, quando sorridono così delle mie scemenze, be', mi sembra in fondo che tutto si tiene, mi sembra che tutto ancora si può aggiustare, i dolori le tristezze le malinconie, tutto infine può risolversi per il meglio.

Ci salutano Ilaria e Bibi, ci salutano Toshi e Gianvito. Ci vediamo in agosto, dicono.

La notte è ormai scesa e non c'è bisogno di una giacca, di una felpa, non c'è bisogno di niente, si sta bene così, con una maglia di cotone leggero, con una camicia da ufficio e il suo cravattino fru fru.

Mi avvicino a Giorgia sfiorandola, metto le mani a coppa attorno alla sigaretta permettendole di accenderla.

Fumando iniziamo a camminare e camminando, in pochi minuti, finiamo in via Buniva, sotto casa sua.

«Che ore sono?» mi chiede.

Prendo il telefono e trovo sul display un messaggio di Elisa, un altro.

È una foto di lei bambina in braccio a Gigi Riva. L'ha trovata a Cagliari, mi scrive, tra le vecchie cose nella cantina dei nonni.

Indugio forse più del necessario e mi rendo conto di non averle mai risposto per tutto il giorno.

«Oh, tutto bene? Ti ho chiesto che ore sono.»

«Le ventitré e trenta.»

«Bene» continua Giorgia spegnendo la sigaretta in un posacenere tascabile.

Poi si ferma e mi guarda: «Senti, stai scrivendo?».

«Come dici?»

«E la fidanzata, ce l'hai la fidanzata?»

Fruga nella borsa, cerca le chiavi, apre il portone.

«Bon» mi dice, e con la testa mi fa cenno di seguirla.

Corretto

Marchetti mi chiama a mezzogiorno mentre sto pulendo i calamari: cartilagine, pelle, occhi, dente e via sciacquare.

De Gregori sparato in cassa parla di un futuro veloce come una palla di cannone, e della possibilità di raggiungerlo.

«Carboni? Buongiorno, studio legale, sono l'avvocato, come sta?»

Asciugo le mani e abbasso il volume, sistemo il telefono tra il collo e l'orecchio. Riprendo a pulire.

«Salve, buongiorno, ero a Torino per lavoro, sono appena rientrato.»

«Sempre per quel libro?»

«Per quel libro, sì.»

«È stato un buon viaggio, mi auguro.»

«Le dirò, non male, è mai stato in Vanchiglia?»

«Senta, Carboni, abbiamo fatto le nostre verifiche e alla fine era tutta una questione di soldi. Ma tanto è sempre una questione di soldi, no?»

«Boh, sì? Non ne ho idea, per la verità.»

«Lasci fare, è sempre una questione di soldi. Lei conosce Alfredo Amarugi, no?»

«No.»

«Ma come no? Si ricorda quel tamponamento, qualche mese fa?»

«Me lo ricordo sì, ho il paraurti tenuto con lo spago.»

«Ecco, il tenente Amarugi si è fatto sette mesi di malattia, l'Arma dei carabinieri le chiede un risarcimento di diciannovemila euro per il mancato servizio. Non l'hanno ricevuta subito perché doveva prima esaurirsi il periodo di assenza dal lavoro di Amarugi.»

«Il tenente.»

«Corretto, il tenente. Lei ha tamponato un tenente dei carabinieri.»

«Cristo santo, ma io sono assicurato, perché cercano me?»

«Ottima osservazione, Carboni. Purtroppo i suoi massimali sono piuttosto, diciamo così, piuttosto scarsi.»

«In che senso?»

«Nel senso che coprono i danni a cose e persone, ma non coprono un risarcimento come quello richiesto da una forza armata per una causa, diciamo così, di servizio».

«Ma non è possibile...»

«È sempre una questione di soldi, le dico. Chi più spende meno spende, Carboni. E lei ha speso pochino.»

«Ma scusi, sette mesi di malattia per un colpetto in un parcheggio? Cioè, a me è caduto il paraurti ma a lui ho solo graffiato la targa.»

«Amarugi ha presentato tre diverse perizie di tre autorevoli ortopedici, più la diagnosi di un fisiatra da Villa Stuart, Roma.»

«Ma io dove li trovo diciannovemila euro?»

«Ma noi non pagheremo diciannovemila euro, Carboni.»

«Ah no?»
«No. Vede Carboni, questa sorta di avviso mi dà l'impressione di una prova muscolare, di un'intimidazione, una forzatura, se vogliamo essere morbidi, o, nelle loro intenzioni, una diffida. Che per diventare esecutiva deve passare attraverso un arbitrato o una causa civile.»
«Una causa civile?»
«Sono contento che anche lei preferisca questa ipotesi. Noi siamo pronti.»
«Ma pronti per cosa?»
«Siamo pronti per andare in causa, Carboni.»
«Con l'Arma dei carabinieri.»
«Corretto Carboni, corretto. Vede, questa insolita richiesta ha del paradossale. E io amo i paradossi, le stranezze. Sono quelle cose che finiscono col far giurisprudenza. Sa che esistono due sentenze che portano il mio nome?»
«Ho capito, ma quanto mi costerebbe?»
«Niente.»
«Ma come.»
«Se vinciamo non le costa niente.»
«E se perdiamo?»
«Io non perdo mai, Carboni, ha capito?»

Cosa stai facendo?

Certe notti di luna piena non c'è verso che riesca a dormire. Non so nulla di astronomia o dei misteri del cosmo, né di stelle pianeti satelliti. Maneggio appena qualche nozione utile a futili chiacchiere sull'oroscopo, senza le quali è ormai impossibile imbastire un minimo di flirt.

Se non dormo è colpa di Giacomo, un amico che mi ha suggestionato dicendo che succedono cose strane nelle notti di luna piena, e che raramente si dorme. La luna piena, dice, è capace di muovere il mare, figurati se non è in grado di muovere noi.

E questa notte di luna piena come sempre sono sveglio, mi agito, penso a Elisa, penso a Lilli Gruber, penso a mio padre, penso ai miei mostri di quarantenne solo che si rigira nel letto. Penso a Gigi Riva che continua ad abitare le vite degli altri.

Mi alzo, succede spesso quando non riesco a dormire, mi alzo cammino faccio un giro, vado in cucina a prendere dell'acqua e a momenti mi viene un colpo. Lo vedo di spalle, di fronte alla portafinestra spalancata, nel mezzo del soggiorno.

«Si può sapere cosa stai facendo?» dice senza voltarsi.

«Cristo santo, ma chi... chi sei?»

«Non farmi perdere tempo, per favore, e rispondi: cosa stai facendo?»

È una notte appiccicosa di caldo estivo ma lui indossa un cappotto scuro lungo al ginocchio, elegantissimo, il bavero alzato. Accende una sigaretta, si gira, mi guarda.

«Per amore della decenza» dice con una smorfia, «vatti a mettere almeno un paio di mutande.»

La sua voce non è fraintendibile in nessun modo. Quella voce ruvida, aspra, nasale, graffiante. Quando ritorno lo trovo ancora lì.

«Si può sapere o no che cosa stai facendo? Si può sapere perché te ne vai in giro a chiedere di me? Io voglio solo riposare in pace, ok? Ma capisci che così, tutti questi pensieri, insomma io li sento i pensieri della gente. Dunque se non ti dispiace vorrei sapere cosa stai facendo.»

«Non ne ho idea» dico, «mi fate tutti la stessa domanda, ma io sto solo cercando di capire.»

«Ma cosa devi capire, cosa?»

«Perché ci sentiamo così.»

«Così come?»

«Come se fossimo orfani.»

«E cosa ne sai tu, di come si sentono gli orfani?»

«Io ho perso mio padre.»

«Tuo padre?»

«Sì.»

«E quando è morto tuo padre?»

«Quasi due anni fa.»

«Be', mi spiace, ma hai perso tuo padre da adulto, è quello che capita a tutti, c'è bisogno di farla tanto lunga?»

«Il fatto è che, come posso spiegartelo?, il fatto è che mio padre è morto due volte.»

Tira una boccata più lunga delle altre, si siede sul divano, appoggia il braccio sulla spalliera come a dire: ti ascolto.

«La prima volta è morto quando si è ammalato. Non so come dire ma, ecco, è stato come ritrovarsi all'improvviso con un'altra persona, con un padre bambino. Sai, prendersene cura, abbracciarlo, toccarsi. Quando parlare non serve più rimane solo toccarsi, sentire una per una le scanalature del costato, imparare a riconoscere ogni centimetro della sua pelle, le unghie spesse e le gambe sottili, le mani robuste e le braccia forti, la forma del cranio, la consistenza finissima dei capelli, la curva delle spalle, la nocciolina sporgente che aveva al centro del petto, la mappa precisa di tutti i suoi nei. Per certe cose era sempre lui, era ancora lui, con la sua dolcezza rimasta intatta, il suo modo di essere generoso anche così conciato, senza poter dire una parola, senza potersi alzare in piedi, senza poterti offrire da bere, comprarti un regalo, sistemarti il forno che si è guastato. E però non era più lui. Poteva diventare irragionevole, oppositivo, catatonico. Probabilmente si sentiva come in trappola, lui che non stava fermo mai, credimi, mai. Sempre intento a correre nuotare andare in bici, sistemare aggiustare riparare costruire.»

«La verità, ragazzo, la verità è che invecchiare è un brutto guaio.»

«E poi è morto un'altra volta quando è morto per davvero. Io non ne so molto di come si muore, ma credo che nessuno dovrebbe morire due volte. E se ti devo dire, per noi, qual è stata la volta più triste, be', ti dico che non ne ho idea. Ma so che la seconda volta è stata come, non so, come se fosse morto un povero Cristo. Cioè come se fosse morta un'anima senza peccato, senza malizia. Hai presente quel tipo di dolore quando muoiono i bambini? Quando al telegiornale danno conto di un fatto di cronaca che riguarda i bambini e ci si stringe il cuore mentre siamo seduti a tavola, con la forchetta arrotolata di spaghetti? E ce ne restiamo così, con gli spaghetti a mezz'aria, a pensare che non è giusto, non è giusto tutto questo dolore, per certe creature che non hanno colpa.»

Stavolta non dice niente. Guarda altrove. Continua a fumare ma vedo solo che inspira ed espira, non gli vedo fare una sola volta il gesto di disperdere la cenere da qualche parte.

Rimane zitto per un tempo che mi sembra infinito, prende un'altra boccata, accavalla le gambe, sta zitto ancora e si abbandona sullo schienale.

«Di questo dovresti scrivere, ragazzo, del dolore per tuo padre.»

«Ma il dolore per mio padre è un dolore soltanto mio, io voglio scrivere del dolore di tutti. È questo che fanno gli scrittori, no? Raccontano i dolori universali, le inquietudini del tempo che gli tocca vivere, l'abisso dei sentimenti, l'incoerenza dei comportamenti umani. E tu non lo so, non lo so perché, ma quando sei morto *tu* è successa una cosa che non avevo mai visto: tutti hanno provato dolore ma nessuno si è trovato da solo, di fronte a questo dolore. E questa cosa mi ha fatto capire di appartenere a qualcosa, sì, a qualcosa che va oltre il giardino di casa. Mi ha come risvegliato da una sorta di letargo.»

Si alza, comincia a camminare per il soggiorno illuminato da una luna grandissima e gialla. Osserva i quadri alle pareti, si sofferma sulla stampa che lo ritrae. Giovane, arcigno, bellissimo. Le mani sui fianchi e lo sguardo di chi è pronto a liberare Leningrado. Indossa la maglia bianca dello scudetto, i quattro mori sul petto, nello scollo i bordi rossoblù e quei laccetti così iconici.

«Vuoi scrivere di me? Sul serio?»

«Vorrei, sì.»

«Se posso permettermi un suggerimento, ragazzo. Scrivi una cosa facile. Scrivi che se n'è andata una persona perbene, ok?, un vecchio signore che voleva bene ai suoi figli, un nonno affettuoso, un uomo che ha amato la donna della sua vita, uno che un tempo, tanto tempo fa, gli è venuto benino giocare a pallone. In un altro secolo però, quando il pallone e il mondo e la gente, quando tutto era un'altra cosa, e che giocando si è guadagnato da vivere, e magari ha fatto felice qualche persona, questo sì. E poi basta. Punto. Questo è stato Gigi Riva, ragazzo.»

Il silenzio della notte riempie la stanza, la casa, le nostre teste. Ma non è mai un silenzio vero, il silenzio della notte. Posso sentire il ronzio dei condizionatori che deturpano le facciate dei palazzi, qualche macchina che passa in lontananza, gatti insonni, uccelli notturni. Il mondo è un gran casino, certe notti di luna piena.

«E poi di mia madre dovresti parlare» ma qui la sua voce si increspa, diventa un sussurro, «perché vedi, mia madre...»

E si interrompe per una lunga pausa.

«Tua madre?»

«Niente, niente. È solo che è stata la persona più importante della mia vita. E se potessi dare in cambio tutti i miei gol, tutti i miei successi, tutti i miei guadagni, tutta la mia popolarità, li darei soltanto per poterla...» si interrompe ancora, sposta lo sguardo sulla libreria, poi nuovamente su di me.

«Fermiamoci qui» dice, «fermiamoci qui. Scrivi che ero una persona perbene, ok?»

Si alza, accende un'altra Muratti, allunga il pacchetto verso di me: «Mi fai compagnia?».

«Grazie, non fumo.»

«Questo però non è vero, a Torino hai fumato. Hai detto che fumi quando sei felice. Non sei felice di vedermi?»

«Io...»

«Io cosa? O sì o no.»

«Ma come fai a sapere di Torino?»

«O sì o no.»

Prendo fiato e rispondo con un unico sospiro: «A me piace fumare quando sento nell'aria quel profumo che porta l'estate, quando sembra possibile ogni cosa, quando basta una birra in corpo e un po' di gente intorno, quando ho voglia di star vicino a una ragazza e respirare il suo odore, chiederle una sigaretta per poterle parlare e farla sorridere e magari sfiorarla, vedere l'effetto che fa. Ma dentro casa, così, io e te, sul serio, non riesco. Solo per poter dire che ho fumato con Gigi Riva? Grazie, ma non riesco».

«Finalmente una risposta come si deve, ragazzo, un *no* ben detto, una risposta con la schiena dritta. È importante, sai, ragazzo, nella vita, certe volte, saper dire di no.»

«Gigi.»

«Eh?»

«Posso chiamarti Gigi?»

«Lo hai appena fatto.»

«Perché mi chiami ragazzo, se ho quarant'anni?»
Mi guarda, sorride, sputa nell'aria una nuvola di fumo. «Sul serio? Avrei detto meno, ragazzo.»

Ha sempre avuto qualcosa di beffardo il sorriso di Riva, quella sua ironia, quella sua strana propensione allo scherzo che racconta di lui chi lo ha conosciuto bene.

«Senti, io non ti posso impedire di parlare di me. Del resto il mio nome è scritto su tutti i muri di questa città, la mia faccia disegnata in ogni paese di questa nostra isola. Non sei l'unico in effetti che mi viene a disturbare. Però se posso permettermi, ragazzo, ho l'impressione che tu sia ossessionato da me, perché sei spaventato da te.»

Mi guarda, lo guardo.

«Mi sbaglio?»

Ci penso, lo guardo.

«Non so se la chiamerei paura. Non credo. È solo che... Hai presente una ruota di scorta, mordicchiata da un rottweiler? È un periodo che mi sento così.»

«Be', c'è quella ragazza, Elisa. Rispondile almeno, non esser maleducato. Si può sapere perché non le scrivi?»

«Perché a volte sono uno che cambia marciapiede.»

«E cosa vuol dire, di grazia?»

«Be', ho paura che possa piacermi.»

«E allora?»

«E allora non credo di essere pronto alla possibilità che qualcuno possa piacermi. Sai, entrare nella vita di un'altra persona, imparare un nuovo gusto preferito di qualcosa, una nuova allergia a cui fare attenzione, brevettare un modo nuovo di prendersi in giro, avere intorno qualcuno di nuovo con cui commentare le giacche di Lilli Gruber, o cantare la canzone del riso senza lattosio.»

«Tu scrivile, dammi retta. Io sono sempre stato un timido con le donne, tu no. Ti ho visto a Torino, quel numero con la sigaretta, ti ho visto sai: niente male, davvero.»

«Ma a te lasciavano i biglietti sul parabrezza. È facile essere timido se sei Gigi Riva. Noialtri ci dobbiamo arrangiare.»

Ma lui non sembra ascoltarmi, ride, abbassa lo sguardo, ride di nuovo.

«Non hai idea di quello che mi scrivevano.»

E però non me lo dice quello che gli scrivevano.

Smette di ridere all'improvviso e adesso mi guarda serio come sa essere serio il suo sguardo, serio di una serietà marziale.

«Vuoi parlarmi di lei? Ti va?»

«Ci siamo lasciati, non c'è molto da aggiungere.»

«Senti, ma tu credi che io finisca a casa della gente, di notte, così, per farmi prendere in giro?»

«Sul serio, non ho molto da aggiungere.»

«Sai cosa vuol dire fare due gol a San Siro contro la Grande Inter? Sai cosa si prova a sentire ottantamila persone che ammutoliscono davanti al tuo strapotere? Hai presente il rumore di quel silenzio?»

«Be', no.»

«E allora fammi il favore, racconta senza farla troppo lunga.»

«Ma cosa vuoi che ti dica io, quando la rivedo, mi succede che... Be', ecco, per esempio una sera mi ha telefonato, ci eravamo già lasciati, aveva bucato in viale Marconi: un casino, il traffico in sottofondo, non sapeva cosa fare e le è venuto spontaneo chiamare me. E io ho mollato tutto e in cinque minuti ero in viale Marconi. Solo non ho nessuna idea di come si cambia una ruota bucata. Allora ho aperto YouTube, lì a bordo strada, mentre le macchine ci facevano il pelo. Abbiamo guardato un video per capire come si fa, abbiamo sbagliato, abbiamo insistito, mi sono incaponito e alla fine ce l'ho fatta. E lei mi ha abbracciato con una gratitudine così enorme, con una dolcezza così piena di amore, e io ho ricambiato con uguale dolcezza, con identica pienezza d'amore, e mentre ci abbracciavamo, mentre entrambi sapevamo che quello era un abbraccio e basta, e che non sarebbe diventato un bacio, non sarebbe diventato niente se non quello... ecco, in quel momento ho pensato che invece arriverà un giorno, chissà magari al cinema o in un bar, o mentre sta guardando Lilli Gruber che incalza un leghista – arriverà un giorno in cui si dimenticherà di me. Un giorno in cui non sarà più naturale chiamarmi per una ruota bucata o per cantarmi una nuova stupida pubblicità che ha sentito alla radio. E non dico che si dimenticherà che sono esistito, no, dico solo che non sarò più qualcuno a cui pensare. Che mi sembra un po' come essere morto.»

Continua a fissarmi con lo stesso serissimo sguardo, si avvicina, poggia la mano destra sulla mia spalla sinistra. Il fumo della sigaretta sale piano, come nebbia, davanti al mio viso.

«Lascia che te lo dica, ragazzo, dovresti scrivere di lei. Lascia stare me che sono un povero vecchio, lascia che tuo padre riposi in pace. Scrivi di lei, piuttosto, fidati, scrivi di lei.»

«Ma come faccio, Gigi? Io non ci riesco, è troppo difficile, davvero. Mi sembra che un dolore di tutti sia più facile da gestire. Ognuno ne porta un pezzetto sulle spalle e non so come dire ma, se tutti ne portano un pezzetto, finisce per pesare meno. Un dolore privato, invece, non so.»

Abbasso la testa, guardo per terra: davanti al divano noto un casino nero di cicche e cenere.

«Ma Gigi!»

«Sì?»

«Ma hai fatto un casino.»

«Sono qui da due ore e non mi hai dato nemmeno un posacenere.»

«Ma pensavo fossi una visione, un'allucinazione, un fantasma. Quando mai un fantasma ha bisogno di un posacenere?»

«Nemmeno un bicchier d'acqua, un goccetto di whisky.»

«Ho del Cynar in frigo, ti va?»

Gigi fa sì con la testa, un po' stizzito, come a dire: era ora.

«In genere lo bevo con ghiaccio e tonica, ti va?»

Mentre gli do le spalle, mentre traffico con il ghiaccio, mentre affetto un limone anche se preferirei un'arancia, gli dico «Gigi, senti un po', tanti anni fa, in un salone di barbiere, ti ricordi se un ragazzo simile a me, ma più giovane di me adesso, sì insomma, ti ricordi se quel ragazzo ti ha tagliato i capelli?».

Torno in soggiorno con due bicchieri nelle mani ma in soggiorno non c'è nessuno. Per terra non c'è traccia di cenere, nella stanza non sento odore di fumo.

Mi sveglio all'alba con il primo sole che entra dalla finestra tagliandomi il viso. Sul telefono un messaggio di Giacomo: "Io male anche stanotte, tu?".

Largo Gigi Riva

Non so che tipo di settantenne mi piacerebbe diventare. Insomma, tolte le basi, e cioè star bene dritto in piedi e cavarmela da solo, non saprei proprio cosa desiderare dalla vita a settant'anni. Mi viene da pensare solo ai soldi, se avrò abbastanza soldi per non finire nei guai. Non voglio dire che ha ragione Marchetti, ma in vecchiaia vorrei stare un po' tranquillo con i soldi, tutto qua. E mi piacerebbe avere ancora qualcosa da dire, qualche sogno da inseguire, qualche storia da sparare, magari delle commedie, sì, da vecchio vorrei scrivere solo commedie e mi piacerebbe che le donne, di tanto in tanto, senza nemmeno troppa malizia, mi piacerebbe che continuassero a sorridermi.

Invece Giuliana è il tipo di settantenne a cui piace correre in macchina. Sfrutta ogni minima incertezza per guadagnare una posizione al semaforo, insinuarsi tra le auto, prevaricare gli incerti nei cambi di corsia.

Coniuga questo esercizio agonistico della guida in città con una parlantina sempre accesa, sulle sorti di Cagliari e del mondo in generale, o sulle mie in particolare.

Quando è di buonumore passa a prendermi a casa,

in genere il sabato in tarda mattinata, per un pranzo nel solito posto con il solito menu. Giuliana Fresu, ordinaria di Storia contemporanea all'Università di Cagliari, impazzisce per calamari fritti e anguille arrosto.

«Come stai, gioia, stai vedendo qualcuno?»

Tagliamo la strada a un motorino stringendo troppo una curva in discesa, probabilmente gli abbiamo toccato lo specchietto perché vedo il motorino sbandare e maledirci.

«Eh?» rispondo.

«Stai vedendo qualcuno?»

«Ah, no. Cioè, a Torino è capitato. Ma vedendo non direi. Però ho conosciuto una ragazza.»

«Ottimo.»

«A Carloforte.»

«Ma tu una cosa facile?, una cosa vicina? Sentiamo, com'è Carloforte?»

Giuliana utilizza da sempre i nomi di paesi e città di provenienza, o una loro particolare prerogativa, per parlare delle donne che frequento. È così che Lilli Gruber è diventata Lilli Gruber.

«È giovane» dico.

«E vive lontana.»

«Sai che Gigi Riva non ha mai vissuto nella stessa casa con la donna della sua vita? Hanno sempre tutelato i loro spazi, stavano sullo stesso pianerottolo, pare, ma in appartamenti diversi.»

«Sì, ma questa non sta nell'appartamento di fronte. Sta su un'altra isola. Un'ora di macchina. Mezz'ora di traghetto.»

«Ha un modo tutto suo di arricciare il naso.»

«Insomma è una smorfiosa.»

«Oltretutto ci siamo visti una volta, una volta e basta, cosa vuoi che ti dica? Di tanto in tanto mi scrive, tutto qui.»

«E tu?»

«E io non le ho risposto.»

«Bel colpo.»

«Ho perso il momento.»

«Sempre sul pezzo.»

Percepisco la sua impazienza mentre un fuoristrada rallenta davanti a un semaforo arancione, costringendoci al rosso.

«Senti, gioia, se avrà voglia riscriverà. Ma invece, se posso: Lilli Gruber?»

«Ha sempre delle belle giacche ma ancora, se posso, la sera, evito di accendere la tv.»

«Capito, gioia, capito, mi fermo qui» e accompagna queste parole con delle piccole pacche sull'avambraccio: il massimo dell'affetto che riesce a manifestare attraverso il linguaggio del corpo.

Siamo nel centro del budello del traffico cittadino, mille cantieri aperti che non finiscono mai, mille milioni di turisti sputati giù dalle navi da crociera, ottantenni scozzesi brasati da un sole assassino che come zombie si inerpicano nel cuore di questa città, lungo le sue salite spietate, tra le vie dei negozi con i loro angoli fighetti e i loro rifugi gaggissimi, tra il casino che sempre rimbomba, mattina e sera, che chi pensa che la Sardegna è mistero e silenzio e fierezza, be', chi pensa questo non ha capito proprio nulla della Sardegna, e nello specifico di Cagliari, della sua indolenza e della sua propensione all'edonismo, dei suoi tic e delle sue frenesie.

Finalmente riusciamo a parcheggiare. Davanti a noi la statua imponente di Carlo Felice, sovrano carogna, savoiardo sadico e malvagio al punto che sono in molti a non sopportarla più, quella statua nel centro della città, a non sopportare che quella strada con vista sul mare porti il suo nome, al punto che qualcuno ha scritto, sul basamento della statua, con vernice rossa: LARGO GIGI RIVA.

Giuliana sceglie sempre la stessa trattoria all'inizio di via Sardegna. Nel tragitto tra il parcheggio e la trattoria, nel dedalo di stradine del quartiere Marina, il quartiere del porto, il quartiere che fu dei pescatori – ridotto ora a una specie di bazar per turisti e predoni, il quartiere multietnico con le sue cupole e moschee, così pieno di luce pur tra i suoi vicoli così stretti, un po' Trastevere e un po' Gerusalemme –, nel dedalo di queste stradine mi prende sottobraccio come se fosse mia madre.

La trattoria ha pareti foderate di legno, tovaglie a quadri, foto in bianco e nero di una Cagliari che non c'è più e alla quale sente a buon diritto di appartenere, prima che l'intera città si trasformasse in un enorme ristorante.

«Non ti fai mai sentire» mi dice Giuliana mentre scorre il menu, come se ci fosse un minimo margine di incertezza nel ventaglio delle sue scelte.

Io scrollo il telefono un po' troppo spesso, mi distraggo. La verità è che spero di trovare un messaggio di Elisa perché mi sono scoperto a sorridere, quando leggo i suoi messaggi.

«Ma com'è che sei sempre al telefono, come i ragazzini?»

Chiude il menu, chiama il cameriere, ordina per entrambi calamari fritti e anguille arrosto. E mezzo litro di vermentino.

Capelli cortissimi e bianchi, secca di corporatura,

celesti gli occhi, il viso segnato da rughe d'espressione, una vena sul collo che pulsa nei momenti più concitati, Giuliana ha sempre coltivato il talento di prendermi in contropiede: «Stai lavorando a un progetto su Riva e lo vengo a sapere da un vecchio giornalista abbronzato e pettegolo».

Esito un istante.

Subito rilancio. «Quindi con quel pettegolo vi vedete ancora.»

«Vedi, gioia, ho capito una cosa con l'età. Ho capito che peggio di un uomo vanitoso c'è solo un uomo vanitoso che non si arrende al tempo che passa, al mondo che gira seguendo un ritmo che non è il suo.»

«Giancarlo non mi sembra uno che ha perso il ritmo.»

«Giancarlo va per gli ottanta. Te ne accorgerai se avrai questo privilegio. Quando la morte smette di essere un problema degli altri, il ritmo ti sfugge eccome. E più fai finta di niente, più mostri un passo sicuro, più finisci per essere patetico.»

La vena sul collo comincia a pulsarle e ne approfitto per toccare qualche nervo scoperto, è così che funziona tra noi.

«Guardarvi da fuori in qualche modo mi rassicura.»

«Ah sì, gioia, e perché?»

«Tu che torni da lui, lui che torna da te, alla vostra età. Mi fa pensare che l'amore in fondo non è niente di speciale. L'amore è prevedibile.»

«Non è tanto l'amore a essere prevedibile, è piuttosto la vecchiaia che smette di essere sorprendente.»

Arrivano i calamari. Giuliana sostiene che ci sia un modo soltanto per mangiare anguille e calamari: con le mani. La vita non prevede niente di bello, dice ogni volta, che non contempli il rischio di sporcarsi.

«Devi leggere Joyce Lussu.»

«Come dici?»

Con la testa mi indica la borsa poggiata sulla sedia vuota accanto a noi.

«Se vuoi capire Riva devi leggere Joyce Lussu.» E mentre comincia a parlare di Riva vedo il suo sguardo trasfigurare, lo vedo illuminarsi di quella vena di pazzia che è il filo rosso dell'ossessione.

«Prendi il libro che c'è in borsa, gioia, quello con la copertina grigia.»

Si versa da bere, mi versa da bere.

«Ma cosa fai, scemo? Pulisciti le mani!»

Pulisco le mani e prendo il libro con la copertina grigia. È un libro di racconti, si intitola *L'olivastro e l'innesto.*

Ogni volta che ci vediamo, di qualsiasi cosa si stia parlando, e con lei si parla di tutto, di storia ovviamente ma anche di letteratura, perché no, di politica, di calcio, di donne amori relazioni; di qualsiasi cosa si stia parlando Giuliana non può astenersi dall'assegnarmi una bibliografia.

Joyce Lussu, mi spiega, è stata scrittrice e antifascista, militante femminista, traduttrice e instancabile giramondo, moglie inoltre di Lussu Emilio, antifascista e scrittore a sua volta, eroe soldato e patriota, parlamentare ministro e sardo emigrato. Molte cose è stato Lussu Emilio.

«Le dicevano: "Ma come, sei femminista e ti fai chiamare col cognome di tuo marito?". "Be'" rispondeva Joyce, "almeno è un cognome che ho scelto io, al contrario di quello di mio padre"» dice Giuliana.

Mi spiega che Joyce era una donna figlia di grandi miscugli, mezza inglese mezza toscana mezza marchigiana, infine diventata sarda.

«È stata lei, per prima, a teorizzare la sardità non come imprinting genetico, ma come scelta consapevole, e a elaborare l'immagine dell'innesto.»

«L'innesto? Ma in che senso l'innesto?»

Mi prende il libro dalle mani, sfoglia le prime pagine, me lo restituisce colpendomi col dorso sulla testa.

«Leggi qui» dice.

> Oggi si parla molto di radici. Si scavano le radici delle comunità e degli individui per rinsanguare le identità e ricercare i perché. Ma non ci sono solo le radici, ci sono anche gli innesti.
>
> Io non ho radici in Sardegna. I miei antenati sono sepolti in terre diverse e lontane. In Sardegna mi ha portato l'amore per un sardo, e quest'amore era anche acquisizione di un mondo, con la sua storia e il suo presente, i suoi cristalli ancestrali e i suoi germogli di futuro. Mi sono innestata sulla Sardegna, e da allora siamo cresciuti insieme.

«Sono le scelte» dice, «sono le scelte a determinare tutto, anche il luogo a cui decidiamo di appartenere. E se ti devo dire cosa mi smuove dentro la vita di Riva, be', ti dico proprio questo: la scelta. È la scelta che mi emoziona. Riva non ci ha scelto a luglio e agosto, non ha scelto di abbronzarsi in Costa Smeralda, nemmeno esisteva la Costa Smeralda. Ci ha scelto e basta, una volta e per sempre. Lui che era il più forte di tutti, lui che poteva andarsene dove voleva, ci ha scelto quando la Sardegna non era l'isola delle vacanze, semmai era il posto dove ti sbattevano per rovinarti la carriera, per punirti di qualche insubordinazione o sciatteria, il posto in cui il governo mandava mille baschi blu per presidiare il Supramonte.»

Mentre a tavola arrivano le anguille vedo Giuliana commuoversi come non mi è mai capitato. Vedo le sue palpebre gonfiarsi come il dorso di un cucchiaio. Proprio lei, una donna che non conosce retorica, capace di un umorismo caustico che è il motivo stesso della nostra amicizia, lei arriva a teorizzare che i sardi non esistono, che la Sardegna non esiste.

«Ha detto tanti di quei no» riprende Giuliana. «No a Craxi, no a Berlusconi. Tutti lo volevano in Parlamento. Agnelli era l'uomo più potente d'Italia, lo avrebbe coperto di soldi per andare alla Juventus, gli ha detto di no dodici volte.»

Mi spiega che per l'Avvocato era diventato un chiodo fisso, al punto che aveva detto a Boniperti: "Portami a Torino quel pecoraio". E Boniperti, ogni domenica, mandava un suo emissario in giro per l'Italia a tampinare Riva in ogni stadio, a stanarlo negli spogliatoi, dopo le partite, ancora in accappatoio, a strapparlo alla prima Muratti della giornata, a riempirlo di lusinghe. Gli diceva: "Vieni, dai, andiamo di là, telefoniamo a Boniperti che ti vuole salutare".

«Cosa sarà stato, il '72, il '73, be', gli hanno offerto un ingaggio da un miliardo. E al Cagliari una barca di soldi più Bettega, Gentile, Cuccureddu, Musiello, due affluenti del Po, Nizza, la Savoia. Secondo qualcuno Riva era sul punto di cedere, sai, ma la verità è che aveva già deciso: piuttosto smetto di giocare. Per tutti quei soldi, diceva, dovrei fare tre gol a partita.»

Annuisco, conosco la storia ma voglio vedere sin dove è in grado di spingersi, la invito a proseguire.

«Si vergognava per l'enormità di quell'offerta, per il valore che gli veniva attribuito, per quello che stava diventando il calcio. Andar via da Cagliari, diceva, tradire la sua gente solo per soddisfare il capriccio di qualcuno, gli sembrava una vigliaccata.»

E la vedo commuoversi ancora, le anguille fumanti sul piatto nemmeno le guarda.

Devo essere onesto: me lo sarei aspettato da me, che sono diventato un sentimentale, ma non da lei. E mentre osservo questa donna commuoversi vedo quello che lei vede in Giancarlo: la tenerezza di chi ha perso finalmente il ritmo del mondo, la fragilità benedetta degli irrisolti, l'incoerenza che salva le persone dalla condanna di essere noiose.

Riprendiamo a mangiare ma nessuno ha più appetito. Giuliana chiede le anguille da portar via e come sempre si occupa lei di sistemare il conto.

Una volta fuori mi riprende sottobraccio e in silenzio camminiamo per i vicoli. Passiamo di fronte a un alimentari bengalese che è subentrato a un vecchio negozio di tende e tessuti.

In silenzio camminiamo tra i vicoli, passiamo di fronte a un alimentari bengalese che è subentrato a un negozio di tende e tessuti.

All'inizio della salita sento Giuliana ansimare, il suo passo arrancare. Avrà perso il ritmo ma non la voglia. È in pensione da quasi un anno ma ogni giorno la trovi in ufficio, al terzo piano del magistero, per seguire gli ultimi lavori dei suoi tesisti con l'idea, chissà, di sentirsi utile a qualcuno forse per l'ultima volta. Le resta ancora un ultimo anno, poi dovrà smettere per legge.

«Prendiamoci un caffè» le propongo a metà della salita, per non dirle chiaro e tondo che forse è meglio che si sieda.

Gli occhi di Giuliana ritrovano l'asciuttezza tipica

della sua intelligenza vivace, il tono di voce la consueta autorità di una vita passata in cattedra.

«Poi io lo so che c'è anche il rovescio della medaglia» dice come se non si fosse mai interrotta. «Lo so che ogni favola ha i suoi angoli oscuri.»

Mi parla degli anni Sessanta del secolo scorso, e di quel processo di industrializzazione calata dall'alto su un'isola che, nelle sue sterminate porzioni di territorio rurale, era stata completamente scavalcata dal boom economico.

«Te la faccio breve» dice. «Vengono fatti nascere due grandi poli industriali, uno nel Sud, la Saras, gestito dalla famiglia Moratti, i petrolieri proprietari dell'Inter; e uno nel Nord, la Sir, l'impianto petrolchimico della famiglia Rovelli. Entrambi i gruppi entrano nel Cagliari mettendo soldi freschi in maniera più o meno esplicita. Per un certo periodo Moratti avrà quattro o cinque uomini di fiducia nel consiglio d'amministrazione. Se lo sarebbe anche comprato, il Cagliari, probabilmente per oliare i rapporti con la Regione, ma i regolamenti non consentivano a un'unica proprietà di avere due club nello stesso campionato. Ugualmente, in un modo o nell'altro, è riuscito a mettere i denari per consentire al Cagliari di reggersi e, soprattutto, pensa, secondo alcuni, per permettere ad Arrica di non vendere Riva alla Juve. Il ragionamento era questo: se non viene all'Inter – perché anche all'Inter aveva detto *no* –, non deve andare da nessuna parte. Non ti sembra la trama di una tragedia di Shakespeare?»

Dai tavolini all'aperto di questo bar in salita riesco a vedere la statua di Carlo Felice, la macchina di Giuliana e, in lontananza, le mura pisane del quartiere fortificato.

Sorrido, annuisco, bevo un sorso di caffè.

Nuovamente rimaniamo in silenzio e nel silenzio, nuovamente, mi distraggo.

Sulla strada passa un finto trenino elettrico, brutto come gli orrendi cappelli dei turisti che trasporta.

Penso a Elisa, controllo il telefono ma trovo un messaggio che non mi aspettavo: "Un primo violino, un secondo violino e un violista si trovano sulla linea di fondo in un campo da basket. Al centro del campo viene fatta cadere una banconota da cento euro. Al fischio dell'arbitro i musicisti possono cominciare a correre. Chi vince?".

È Gildo che ha voglia di scherzare, ma non mi lascia nemmeno il tempo di pensarci su.

"Il secondo violino" scrive, "perché nessun primo violino si muoverebbe per soli cento euro."

"E il violista?" domando.

"Il violista non ha ancora capito cosa sta succedendo."

Un attimo dopo mi arriva un video di lui che muove incerto qualche passo, da solo, con l'aiuto di un bastone. Il video si chiude con Gildo che alza il dito medio: "Questo ho ripreso a usarlo benino".

«Ma com'è che sei sempre al telefono?» dice Giuliana. «Sempre al telefono che ti scappa da ridere. Chi è, Carloforte? Torino? Lilli Gruber? Su, chi è?»

«Ma no, niente, davvero. È solo un amico.»

Giuliana mi vede sorridere ma non può sapere che quel video mi riporta in un istante ai nove mesi passati in clinica con mio padre.

Io, mia madre e mio fratello, a turno, avanti e indietro tra Cagliari e Oristano. Non può sapere che mi riporta indietro a quanto ha lottato, a quanta forza avesse ancora per trascinare il suo corpo assassinato dalla malasorte, a provarci, mio Dio, a provarci con una disperazione così piena di dignità, così senza speranza; non può sapere che quel video mi riporta all'unica frase di senso compiuto che mio padre ha pronunciato negli anni della malattia, una sera tardi che mia madre stava per rientrare verso Cagliari.

«Non lasciarmi solo» le ha detto, «non lasciarmi solo.»

Per un pugno di muggini

"Ciao, scusa se non ho risposto ai messaggi, ma alla fine sono sempre in giro. Sai, le interviste per il libro."

Elisa mi risponde con una faccina che ride, poi con una foto di lei in piazza San Domenico, caffè e cornetto ai tavolini del bar Florio sotto l'ombra di un bagolaro. Insomma è a Cagliari. Oggi, adesso. Ma io ho un appuntamento per un'intervista e maledico il tempismo quando si mette di traverso. O meglio, quando si mette così, in bilico, che sembra andare tutto per il verso giusto ma quasi, e quel *quasi* è peggio che se fosse tutto sbagliato. Voglio dire, poteva non rispondere e avrei capito, ci mancherebbe. Oppure poteva rispondere ma essere a Carloforte, e pazienza, sarei andato a Neoneli, avrei fatto la mia bella intervista, preso i miei appunti, accettato un numero congruo di bicchieri di vino, e sarei tornato a casa a fine giornata.

Ma saperla qui, proprio nel giorno in cui ho deciso di scriverle, e sapere di non poterla vedere, di dover fare due ore di macchina mentre lei è qui, a cinque minuti di bicicletta, sapere tutto questo mi mette nelle condizioni di pensare a una balla leggendaria per rinviare la mia trasferta.

A Neoneli mi aspetta Bruno, che aveva otto anni quando il Cagliari ha vinto lo scudetto. Da quello che ho saputo era venuto giù con padre e madre, con gli zii, con la famiglia tutta per vedere il Cagliari laurearsi campione d'Italia in quel catino che era lo stadio Amsicora, uno stadio all'inglese, senza pista d'atletica, con le tribune di tubi d'acciaio che vibravano ai bordi del campo dando l'impressione che potessero crollare addosso agli avversari da un momento all'altro, uno stadio sempre più pieno di quanto la capienza consentisse.

Chi non riusciva a entrare, chi non aveva i soldi, guardava la partita arrampicato sui pini oltre il muro di cinta, su quella che i cagliaritani presero a chiamare "la tribuna alberata". E nonostante la tribuna alberata, il 12 aprile del 1970, in occasione di Cagliari-Bari, almeno cinquemila persone hanno dovuto restarsene per strada, perché non c'era proprio verso di stipare nessun altro, di trovare un posto, un ramo, un ciuffo di verde, nulla più.

In mezzo a questo tripudio il piccolo Bruno smarrisce i suoi genitori, gli zii, il gruppone di Neoneli sceso dal paese con carne e vino, molto vino. Perché anche questo è stato Gigi Riva: viaggi, festa, spuntini, distanze annullate in un'isola dove tutto è distante, dove il treno è una iattura, dove le strade sono un percorso a ostacoli. Cento, duecento, trecento chilometri. Curve, dossi, sveglie all'alba. Ma per vedere Gigi Riva, per vedere il Grande Cagliari, non è mai stato un problema alzarsi presto la domenica, arrostire come Dio comanda, riempire qualche damigiana e fare rotta verso la capitale.

Quel giorno il piccolo Bruno si gira e non vede più nessuno, o meglio vede gambe e schiene di perfetti sconosciuti, si ritrova solo e sperduto nel delirio di una città che sogna e strepita, lui cresciuto nella mitezza dei monti, nel silenzio poderoso di quell'incantevole luogo del mondo che prende il nome di Barigadu. Si spaurisce ma non piange, mantiene la calma, vede un carabiniere e lo tira per la manica della giacca: «Mi sono perso, signore».

Il carabiniere lo prende con sé e lo rassicura. Bruno guarderà Cagliari-Bari insieme alle guardie, all'imbocco del tunnel che porta nella pancia dello stadio, negli spogliatoi, dove avviene la magia della vestizione, dove un gruppo di ragazzi improvvisamente diventa un manipolo di eroi.

Finirà poi travolto dalla festa, il piccolo Bruno, risucchiato nella pancia dell'Amsicora accanto a Riva e Bobo Gori. E vedrà Scopigno piangere. Scopigno l'imperturbabile, Scopigno lo scettico, lo squalificato, Scopigno il pianista, l'intellettuale, il filosofo: lo vedrà piangere tutte le sue lacrime.

Be', piccolo Bruno, abbi pazienza ma oggi non riesco, pur con tutto il rispetto per quella tua avventura di bambino, il fatto è che proprio non posso, davvero, facciamo un'altra volta se non ti dispiace.

Mi invento una balla e la ripeto allo specchio per capire se funziona: «Salve Bruno, come va? Senti, Gigi Riva mi ha consigliato di scrivere a una ragazza che fa delle smorfie davvero adorabili, e insomma vorrei vederla oggi. Come? Sì, sì è giovane, è vero, ma adesso non è che dobbiamo star sempre lì a parlare dell'età, è proprio necessario?».

Intanto che farfuglio mi squilla il telefono. È Elisa e non me l'aspettavo. Non so bene che fare, non so bene che dire.

«Pronto?»
«Ciao, pranziamo insieme?»
«Eh, magari. Devo andare a Neoneli, sai, un'intervista, ma sto cercando di rimandare.»
«Se vuoi ti accompagno, pranziamo a Cabras. Sei mai stato al villaggio di San Salvatore?»
«Sì.»
«Hai presente il baretto che c'è lì, con tutte quelle foto incredibili?»
«Sì.»
«E non trovi che sia un posto bellissimo?»
«Sì.»
«E mi passi a prendere tra una mezz'ora?»
«Sì.»

Mi ritrovo in macchina con lei, le mani sul volante e una fatica nera a tenere gli occhi sulla strada anziché sulle sue ciglia, sulle sue labbra, su quel suo naso che si arriccia.

Elisa è abbronzata e indossa una camicia bianca che la fa sembrare ancora più abbronzata, benedetta camicia bianca che svolazzi con i finestrini aperti e il vento che passa, camicia che accarezzi il suo corpo, lembo di lino e cotone che vorrei essere io.

«Mi piacerebbe essere la tua camicia.»
«Come?» domanda Elisa abbassando la radio.
«Sei molto abbronzata» dico.
«Oh, sì, be', col lavoro che faccio, per forza.»

Ho talmente gli occhi su di lei che mi ritrovo a dover dare delle sterzate, di tanto in tanto, per non strisciare la fiancata sul guard-rail nel mezzo di questa lunga strada statale che collega il Sud al Nord della Sardegna.

«Gesù, guidi come mia nonna.»

Attraversiamo la larga e vasta e placida pianura che si allunga verso Oristano. Osserviamo i paesi sfilarci di lato, la struggente bruttezza di certe case lasciate a metà, degli intonaci mai posati, degli infissi mai montati. Ovunque il calcestruzzo è a vista, le anime di ferro uncinato fuoriescono dal cemento protese all'azzurro cielo sopra le nostre teste. Sono secondi o terzi piani cresciuti sulle vecchie case di famiglia. Pezzo dopo pezzo, risparmio dopo risparmio, per quando si sposeranno i ragazzi e le ragazze, per quando torneranno dalle università di Roma Torino Bologna. Secondi o terzi piani che finiscono per rimanere incompiuti, talvolta per mancanza di soldi, molto più spesso per mancanza di gioia, una volta compreso che i figli non torneranno più. Palazzinette tristi e grigie come certi giorni d'inverno.

«Vorrei mangiare un pescetto» dice lei, «un pescetto arrosto in crosta di sale.»

Non è nemmeno che sia bellissima. È bella, certo, è molto bella, e fa quella smorfia con il naso. Ma è soprattutto il modo che ha di dire le cose. Quello che dice e come lo dice.

«Che ne so, un muggine, qualche seppia.»

Mi domando se sia allergica a qualcosa e senza rendermi conto mi ritrovo a pensare a voce alta.

«Sei allergica a qualcosa?»

«No, che io sappia no. Perché?»

Ma invece di rispondere indico lo sconcio di una casa non finita che fa da biglietto da visita a uno di questi nostri paesoni.

Elisa sta al gioco e mi illustra la sua teoria: «Lo chiamiamo *non-finito sardo*, giusto? E già gli stiamo dando una valutazione di merito, un'accezione negativa. Ma scusa» riflette arricciando il naso, mio Dio, «chiamiamolo *infinito sardo*, diamo un segno di speranza, regaliamoci un sogno, no? A noi e ai turisti. Vieni a vedere i nostri laterizi, caro turista, guarda come sono fieramente esposti alle intemperie. L'infinito è un work in progress, si porta dietro un'idea di futuro».

Quello che dice, e come lo dice.

Il villaggio di San Salvatore non è altro che un minuscolo antichissimo incredibile borgo medievale circondato dal niente, fatto di piccole case basse e strette che si raccolgono attorno a un alberello e a una chiesetta del sedicesimo secolo sorta a sua volta sopra un santuario paleocristiano. Queste cose me le dice Elisa perché le ha lette non so dove. Io so solo che qui, per una ventina d'anni, hanno girato un certo numero di film western di poco o medio successo.

Si suda da fermi. In giro nessuno.

Passeggiamo sotto il sole assassino per questa piazza che davvero sembra il New Mexico di due secoli fa. Quaranta gradi all'ombra e un silenzio impossibile, ci siamo solo noi in questo posto fermo nel tempo. A pochi minuti da qui almeno dieci spiagge di una bellezza quasi disturbante.

C'è una partita, provo a spiegare a questa giovane donna, che secondo me è la partita più western della storia del calcio: Juventus-Cagliari del 15 marzo 1970, resa celebre dalle paturnie dell'arbitro Lo Bello.

Ci sediamo all'ombra dell'unico albero, Elisa mi guarda divertita, in attesa.

«Non è possibile» aggiungo «che tu non la conosca.»

«Certo che la conosco, ma mi piace ascoltarti parlare.»

E mentre lo dice penso che potrei parlare per ore, giorni, anni, se è davvero quello che vuole.

Le spiego che quella è la partita che decide il campionato, per la Juve l'ultima speranza di agganciare il Cagliari primo in classifica.

La sfida è dura e il Cagliari si complica la vita grazie al suo difensore più arcigno, lo stopper della Nazionale, toscano figlio di comunisti che di nome fa Comunardo e di cognome fa Niccolai.

Ora, Niccolai non ha il record di autogol in serie A. È solo che i suoi erano stupendi, eleganti, geniali. Momenti di pura imperfezione, la bellezza dell'errore che sovverte le regole, la capacità di lasciare senza parole, un trionfo di controsenso di fronte al quale si poteva soltanto rimanere stupefatti. E tra i più belli c'è quello di quel pomeriggio, un colpo di testa sul primo palo ad anticipare l'uscita di Albertosi: imprevedibile, imparabile, semplicemente killer, 1-0 Juve.

Il pareggio è firmato da un guizzo del solito Riva ma è nel secondo tempo che entra in scena Lo Bello, il principe degli arbitri, il più carismatico, probabilmente il più bravo, bizzoso come una divinità pagana.

Concede alla Juventus un rigore quantomeno dubbio. Sul dischetto si presenta Haller, tedesco tutto d'un pezzo.

Haller guarda Albertosi.

Albertosi guarda Haller.

Era un mondo in cui i calciatori non avevano facce da ragazzi, si sbagliava da uomini.

Tiro di Haller, parata di Albertosi.

Ma Lo Bello si impunta e senza pensarci nemmeno decreta la ripetizione del penalty. Sa bene che la spiegazione non è altro che un errore ben vestito, pertanto non concede alcuna spiegazione.

Con la sua postura drittissima e la mascella prominente da maschio latino imperturbabile, Albertosi si aggrappa a un palo e si mette a piangere.

Dagli undici metri stavolta si presenta Anastasi, che non è un tedesco tutto d'un pezzo ma ha la concretezza siciliana del meridionale emigrato a Torino: tiro, gol. La Juve raggiunge momentaneamente il Cagliari in testa alla classifica.

«Dimmi cosa devo dirti per farmi buttare fuori» grida Riva a muso duro su Lo Bello.

L'arbitro è inseguito per il campo dai sardi furibondi. Tutti lo insultano ma Lo Bello è una sfinge, non increspa un sopracciglio, non tira fuori un cartellino.

Davanti a un problema si ha la tendenza a cercare un alibi, lui preferisce piuttosto trovare una soluzione. Si avvicina a Cera, il capitano, e gli dice: «Vai lungo su Gigi, vai lungo su Gigi». E Cera obbedisce. Perché tutti, alla fine, obbedivano a Lo Bello.

Cera lancia in area un pallone velenoso, Salvadore trattiene Riva, lo trattiene appena, ma per Lo Bello non fa nessuna differenza: è calcio di rigore per il Cagliari.

Per via di uno sciopero dei tecnici Rai non esistono riprese di quel secondo tempo. Si trova appena qualche fotogramma sfocato, ci si arrangia con le cronache del tempo, con i ricordi di chi c'era. Tutto è vero e tutto è falso, come in certi romanzi, come in certi scherzi della memoria.

Mi ha detto Giancarlo che il settanta percento delle testimonianze oculari, nei processi penali, è fallace, inattendibile, manipolabile. Ma quel che è certo, o comunque molto verosimile, è che nessuno, se non Riva, può incaricarsi di quel tiro.

Riva guarda Anzolin.

Anzolin guarda Riva.

Un avvoltoio attraversa il cielo di Torino mentre una balla di rovi sospinta dal vento rotola nel mezzo dell'area di rigore. Madri e padri mettono i bambini al riparo dalla visione di questa insopportabile resa dei conti.

Fischia Lo Bello.

«Tiro, parata di Anzolin, ma il pallone entra in rete!»

Così la racconta la radiocronaca di "Tutto il calcio minuto per minuto". Perché Riva calcia e Anzolin si tuffa, intuisce, la tocca.

Ma non basta: è il gol del definitivo 2-2.

Rientrando verso il centro del campo Gigi si avvicina all'arbitro.

Lo Bello guarda Riva.

Riva guarda Lo Bello.

«E se lo sbagliavo?»

«Be', te lo facevo ripetere.»

Titoli di coda.

Musiche di Ennio Morricone.

Il Cagliari resta primo in classifica e si cuce sulla maglia un pezzo di scudetto.

Ho gli occhi di Elisa puntati addosso e vedo nel suo sguardo una specie di bagliore, qualcosa di simile a un incendio che mi illumina.

Abraxas

Persino il bar, in questo posto, sembra una locanda western, una grande baracca di legno che verrebbe da darsi una lucidata agli stivali prima di entrare. Anche il nome suona esotico: Abraxas. Dentro non c'è un pianista country ma una playlist di rock anni Settanta.

Il personale è sempre di corsa ma sempre gentile. Ordiniamo muggini e seppie e ci chiediamo cosa mai può voler dire Abraxas. Suppongo con Elisa che abbia a che fare con le braci, che sia una misteriosa parola sarda che né io né lei abbiamo mai sentito, con quella *ics* che da noi si pronuncia *sc*, ma non una *sc* dura, un *sc* dolce, francese, come quella di *je suis*.

Beviamo vino bianco frizzante fresco e ripetiamo questa parola, Abraxas, speculando sulla sua origine sardo-messicana-paleocristiana, che ci sembra perfetta per questo luogo, e che reputiamo comprensibile solo nel raggio di duecento metri, come molte volte capita in Sardegna.

«È un disco di Santana.»

«Come?»

«*Abraxas*, ci siamo ispirati a un disco di Santana» dice il ragazzo che ci ha preso l'ordinazione, sempre di corsa ma sempre gentile.

Dal nostro tavolo possiamo vedere le griglie accese su cui vengono adagiati muggini, seppie, polpi.

«Gigi adorava andare a pesca» mi dice Elisa. «Aveva questo amico, lo sai, no?, Martino, che con mio nonno era il suo amico più stretto. Martino era un pescatore e il lunedì se ne andavano in barca a fare spigole o calamari. Poi, ma più tardi, quando ha smesso di giocare, Gigi ha scoperto la pesca subacquea. Sopra ogni cosa adorava andare a polpi.

Nonno diceva che dopo il calcio è stata dura, per lui, e la pesca è diventata una specie di ossessione capace di riempire un vuoto. Sai come capita agli atleti, no?, che quando imparano una cosa nuova devono farla a tutta forza, devono comunque provare a essere i migliori. Gigi diceva di amare i polpi perché sono molto furbi, e per prenderli devi essere più furbo di loro. Ne tirava su dieci, quindici, ogni volta che si immergeva. E ce li portava a casa. Polpi a insalata, sugo di polpi, polpi fritti. Non sapevamo più come cucinarli.»

Mentre parla penso a quanto è abbronzata, a quanto la ascolterei raccontarmi qualsiasi cosa, ciascuno dei 208 gol segnati da Riva con la maglia del Cagliari, se vuole, uno per uno, al rallentatore.

«Aveva un rapporto incredibile con il mare, lui che era uomo di lago, come se l'acqua fosse il suo elemento, come se potesse vivere soltanto su un'isola. A volte me lo immagino che si spoglia, si tuffa, e finalmente ritrova quel poco di pace che prima gli dava giocare a pallone. E mi immagino che in acqua dimentica tutto, sì, quando nuota dimentica il calcio sua madre il mondo. Me lo immagino incantarsi di fronte alla danza dei polpi e pensare: "Dovevo nascere pesce".»

Osservo lo spettacolo di Elisa che spina il suo muggine senza disfarlo, dividendolo in quarti perfetti e spolpando le guance che sono un tesoretto ciccione di polpa tenerissima. Osservo i suoi morsi minuscoli, il suo chiedermi di tanto in tanto se ha qualcosa tra i denti.

Sul muro alle sue spalle quattro fotografie in cornice.

Enrico Berlinguer.

Antonio Gramsci.

Che Guevara.

Gigi Riva.

Ci rimettiamo in macchina a pomeriggio inoltrato, in ritardo di almeno un'ora, palesemente alticci, assonnati, contenti.

Ci addentriamo nelle strade più interne della provincia di Oristano dove la pianura finisce e comincia qualcosa a cui siamo poco abituati, noialtri del Sud. La vegetazione si fa più fitta, più verde, anche se siamo in pieno agosto. E il silenzio, mio Dio, il silenzio diventa un muro di ovatta che ci allontana dal mondo.

Dopo tre o quattro curve si estende gagliardo, sino all'orizzonte e ancora oltre, uno scintillante e gigantesco cazzo di nulla. Montagne altipiani piccoli canyon, strapiombi dietro timidi guard-rail che vibrano nel vento.

Per almeno dieci chilometri non vediamo una casa, un campo coltivato, un capannone. E penso che in fondo questo prodigioso nulla cosmico, tutta questa bellezza fine a se stessa, sia la sola cosa che non siamo stati in grado di consumare e dunque di vendere.

«Be', finora» mi dice Elisa. «Lo sai quanti pannelli solari e pale eoliche vorrebbero mettere ovunque? Immagina questa piana ricoperta di pannelli neri riflettenti. Io non dico che non dobbiamo fare la nostra parte, siamo tutti connessi gli uni con altri in questo mondo, abbiamo il dovere di pensarci in connessione e di produrre soltanto energia pulita. Ma la nostra è già una terra piena di cicatrici, di luoghi deturpati o preclusi alla gente comune, e io credo che tutto quel brutto fatto di rinuncia, fatica e sofferenza, sia lì anche per ricordarci che il territorio è l'unica risorsa che ci resta, e che dobbiamo essere capaci di preservarlo, di accudirlo, di proteggerlo. Aspetta, ti faccio vedere una cosa» dice prendendo il telefono, «sarà stato il 2001, Gigi si era schierato contro lo stoccaggio delle scorie nucleari in Sardegna.»

Ma dopo un lungo rettilineo la strada curva leggermente verso destra e – senza la minima avvisaglia – ecco spalancarsi un lago di fronte a noi.

Incontrare l'acqua lontano dalla costa, noi che siamo gente del Sud, gente di mare, incontrare l'acqua così, viaggiando tra i boschi, non siamo abituati. Ci mette soggezione e ci procura fascino al punto che fermo la macchina e scendiamo a farci un giro.

Davanti a noi un miracolo architettonico degli anni Dieci, come spiega un pannello informativo bruciato dal sole, una diga di settanta metri d'altezza che è stata, per un certo periodo, dice il pannello, la più alta del mondo.

Oggi giace semisommersa, affogata nel lago che aveva generato, soppiantata da una nuova diga qualche chilometro più a valle. L'espressione di meraviglia sul volto di Elisa, al cospetto di questi giganteschi elegantissimi archi, mi costringe a guardare soprattutto lei.

Scavalchiamo una piccola recinzione, scendiamo una decrepita scalinata che porta alla vecchia casa del direttore dei lavori. Il lago ha inghiottito per intero il pianterreno ma, come in una specie di sogno, vediamo il piano superiore sbucare dal pelo dell'acqua. Sembra quasi galleggiare.

Elisa scatta qualche foto col telefono e si ricorda di aver interrotto una ricerca, un video che adesso mi mostra, un'intervista che non conoscevo.

Primi anni Duemila, Riva quasi sessantenne, bello da non credere, addosso una T-shirt nera e un paio di jeans, l'argento tra i capelli pettinati all'indietro, un sorriso quasi beffardo e certe parole durissime da sardo stufo, ma con accento lombardo. Si pensava di stoccare nell'isola le scorie radioattive delle centrali nucleari.

"La Sardegna è già piena di basi militari, è già piena di fabbriche che trattano o lavorano sostanze tossiche. Lo sa che in Sardegna abbiamo il sessantacinque percento delle basi militari di tutta Italia? È arrivato il momento di dir di no, abbiam l'obbligo di lasciare ai nostri figli, e ai nipotini, la Sardegna che abbiam trovato."

Arriviamo a Neoneli straordinariamente tardi. Giriamo divertiti per le vie di questo piccolo borgo, allegri come ragazzini in gita. Restiamo ammirati davanti a certe case fatte di pietra nera basaltica, davanti al perfetto stato di conservazione di questo piccolo centro storico. Infine incrociamo una via che sembra una premonizione: via 12 aprile 1970.

È quasi ora di cena quando bussiamo finalmente a casa di Bruno.

Ci riceve però una donna minuscola, sua madre.

«Cosa gradiscono?» domanda con gentilezza dopo averci fatto accomodare.

La donna è una piccola arzilla rispettosa ottantacinquenne e ci spiega che no, Bruno non c'è, è in Grecia con suo cugino: Santorini.

«Ma come, in Grecia?»

La cosa non la stupisce, Bruno è sempre stato così, ci spiega, un bravo ragazzo su cui non bisogna fare troppo affidamento.

«Ci vanno tutti gli anni, per rilassarsi.»

«Ma certo» dico, «ma certo.»

E nella mia testa comincia il film di questi due neonelesi sessantenni a Santorini, estate dopo estate, gonfi di alcol e ketamina a ballare reggaeton.

Chiedo scusa alla signora e mi apparto vicino alla finestra, chiamo Bruno al telefono cercando di non mostrarmi furibondo sin da subito.

Il piccolo Bruno si scusa ma si è proprio dimenticato. Certo anch'io, sostiene, anch'io potevo fare uno squillo prima di mettermi in macchina.

«Bruno, mi scusi, adesso va a finire che è colpa mia?»

Lui non si scompone e mi invita a tornare la settimana prossima, magari di domenica. Mentre parla riesco nitidamente a captare, in sottofondo, il rumore di un tappo che salta accompagnato da una risata di donna.

Dall'altra parte della stanza osservo Elisa parlare con la minuscola vecchina. Parla e ride e mi chiedo cosa avranno mai da ridere, insieme, cosa avranno mai da dirsi, cosa potranno mai avere in comune.

Niente.

È solo che Elisa ha il dono della leggerezza.

«A cena restate?» dice la piccola signora.

Per nessuna ragione al mondo, penso, dovremmo trattenerci per cena: pur con tutta l'educazione e la gratitudine ma è una serata d'agosto, la luna è pur sempre enorme, consegniamoci all'avventura, perdiamoci nell'ignoto.

«Volentieri» risponde Elisa attraversata da un misterioso entusiasmo.

Mentre apparecchiamo domando alla vecchina se vuole raccontarmi lei di quel giorno all'Amsicora, di quel piccolo thriller familiare che avrà finito senz'altro per diventare leggenda tra queste quattro mura, ai pranzi di Pasqua e Natale, negli ultimi cinquant'anni.

«Certo, eravamo io e mio marito buonanima, i miei suoceri, padre Pasqualino, la signora Veneranda che allora era la perpetua, il sindaco e tutti i miei fratelli maschi. Le femmine solo quelle sposate, al seguito dei mariti. Cosa vuole, erano altri tempi.»

«Mi scusi, e Bruno?»

«Eh, ne ha di fretta. Bruno è nato nel '73.»

«Nel '73?»

«Certo.»

«E allora il bambino che si è perso, che ha festeggiato con Riva e Gori negli spogliatoi, che ha visto Scopigno piangere?»

«Guardi, non so nemmeno che cosa sta dicendo. Io mi ricordo solo che c'era una bella giornata, tutti contenti. In giro una confusione, ma una confusione! A mezzogiorno avevamo già finito il vino.»

La donna porta in tavola una sbobba informe dall'odore loschissimo. Elisa smette di ridere. La osservo mentre rimesta con il cucchiaio sempre lo stesso angolo di questa poltiglia acida e densa che potrebbe essere composta, ma è solo un'ipotesi, di fagioli e patate.

Riprende a ridere soltanto in macchina, mentre io maledico il piccolo Bruno, cialtrone vizioso che divide casa con mammina, e la persona che me l'ha segnalato.

«Sei uno scrittore, no? E allora inventatelo questo capitolo, esagera, racconta che il piccolo Bruno è rimasto in contatto con Gigi, che hanno fatto amicizia, che si è fatto persino cresimare e che il giorno della festa tutta Neoneli, il prete, il sindaco, la perpetua, tutti, senza eccezioni, si sono fatti la foto con il grande campione. Racconta che gli hanno messo in braccio i bambini per una benedizione laica, che lo hanno condotto al capezzale dei vecchi morenti per portare conforto o un ultimo saluto. Inventa, tu che puoi, cosa c'è di più bello che inventare il vero?»

Guidare dopo il tramonto, da queste parti, dà sempre l'impressione che il buio sia più buio, il silenzio più silenzio, la notte più notte.

Passiamo sul ponte che attraversa il Tirso e Elisa rimane colpita da certe luci puntate su un cumulo di sassi.

«Ma come un cumulo di sassi» dico, «non hai mai visto le terme di Fordongianus?»

Taglio per il paese e imbocco una discesa che segue la linea tracciata dal letto del fiume. Parcheggio, scendiamo. La zona archeologica risale al primo secolo, una delle pozze è tuttora aperta al pubblico.

Elisa si toglie i vestiti.

Io faccio lo stesso.

Ci immergiamo in mutande in mezzo metro di acqua bollente. Sopra le nostre teste la luna è ancora perfettamente rotonda, o almeno così mi sembra. Attorno a noi i resti delle architetture in pietra di duemila anni fa.

La guardo.

Sorride.

La bacio.

Si sposta.

«Ti ricordi quel discorso su Pasolini, quando ci siamo conosciuti? Sulla solitudine e l'indipendenza? Sul fatto che per ora sto bene così? Be', per ora sto bene così.»

Amarugi

"Uè scrittore, ma non dovevi passare a trovarmi?"

Mi sveglio con un messaggio di Gildo che mi fa sentire una carogna.

Oggi potrebbe essere un buon giorno, gli scrivo, potrei riuscire per l'ora di pranzo.

Ma mentre sto scrivendo squilla il telefono.

«Carboni? Marchetti. Senta, ho preparato copia dei documenti con le obiezioni che opporremo alla loro, diciamo così, diffida. Le ho mandato tutto via mail, d'accordo?»

«D'accordo, ma resti in linea, vorrei dare un'occhiata insieme.»

Marchetti emette il tipico sbuffo soffocato di chi preferirebbe chiudersi le dita nella portiera della macchina.

Apro la mail, sono una sessantina di pagine scritte in un italiano inaccessibile all'uso comune. Mi soffermo però sul primo paragrafo, dove si legge "Amarugi Alvaro, nato a Cagliari il 12 aprile 1970", e tanto mi basta.

«Ma scusi, avvocato, ha visto?»

«Ho visto sì, ci abbiamo lavorato due giorni.»

«No, dico, ha visto quando è nato Amarugi?»

«E allora?»
«È il giorno in cui il Cagliari ha vinto lo scudetto, è un segno.»
«Carboni, per favore.»
«Mi ci faccia parlare, organizziamo un incontro.»
«Glielo sconsiglio nella maniera più assoluta.»
«Posso convincerlo, mi dia retta.»
«Nella maniera più assoluta, le ho detto.»
Ma nel faldone di Marchetti c'è anche l'indirizzo di residenza. Decido che ci andrò a parlare ora, subito, con Amarugi, questa stessa mattina, al termine di questa telefonata.
«Mi stia a sentire, Carboni. Parlare con Amarugi, chiedergli di intercedere con l'Arma per ritirare la richiesta di risarcimento, se è questo che ha in mente, equivale a una dichiarazione di colpevolezza che indebolisce drasticamente la nostra posizione, lo capisce questo?»
Lo capisco, ma non rispondo.
«Perciò se scopro che ci va a parlare io la avviso: dovrà farsi seguire da qualcun altro. Mi liquida la parcella e ognuno per la sua strada, ha capito?»
«Perché è sempre una questione di soldi, alla fine, corretto?»
«Corretto, Carboni, corretto.»

In dodici minuti di bicicletta sono già sotto casa di Amarugi, una palazzina normale di un normale quartiere residenziale. Terzo piano, azzardo dalla posizione del cognome sulla griglia del citofono.
«Chi è?»
«Corriere Amazon per il signor Amarugi.»
«Papà non è in casa, può lasciare a me?»

«Be', non lo so, io... no. Quando posso trovarlo?»

«È uscito presto per andare al lavoro, mi dispiace, tornerà stanotte.»

Un'intera giornata di lavoro. Amarugi, sarai distrutto.

Dalla prima all'ultima

Non sono il genere di persona ansiosa da posto-corridoio. Non penso mai al fatto che l'ultima immagine della mia vita potrebbe essere un tizio in divisa che mi spiega come allacciare una cintura. Ma ancora meno sono tra quelli che chiacchierano con gli sconosciuti vicini di posto.

Io, in aereo, semplicemente, dormo.

A qualsiasi ora.

Su qualsiasi tratta.

Soprattutto prima del decollo, quando il personale di bordo spiega quelle due o tre cose fondamentali per avere salva la vita in caso di guai.

Anche oggi chiudo gli occhi mentre un uomo belloccio indica le uscite di sicurezza, informazione che per me rimarrà un mistero. Se arrivasse il disastro mi abbandonerei al panico senza troppo pudore. Non credo che a trentacinquemila piedi faccia qualche differenza.

«Scusa» mi dice una voce di donna, «scusa il disturbo.» Ha in braccio una bambina e indica il posto vuoto accanto al mio. «13 B» dice.

Mi sveglio, mi scuoto, mi alzo. «Nessun disturbo, prego.»

Ma intanto ha rovinato l'inizio del mio sonno e la sua bambina, il suo volto angelico, i suoi riccioli biondi, l'esuberanza sorprendente del suo sguardo, non mi rendono ottimista per il prosieguo della meditazione.

Avrà qualcosa come tre anni, si chiama Alice, ha le guance pienissime e una fossetta al centro del mento. È una di quelle bambine simpatiche che parlano e parlano e parlano. Anche se, più che parlare, domanda. Dev'essere quella fase in cui ci si chiede il perché di ogni cosa.

E sua madre pazientemente spiega, inesorabile, come un battitore che a baseball rimanda sempre la palla in qualche punto del campo.

«Scusami, eh, ma è la sua prima volta.»

Così mi dice questa donna indicando sua figlia. Avrà la mia età o qualcosa di meno. Mora, dalla figura sottile, capelli liscissimi e lunghi, occhi intensi, labbra stupende. Solo ora che stiamo decollando mi rendo conto che è bella. Anche lei, come sua figlia, ostenta una disinvolta propensione alla chiacchiera fittissima.

«Ti ricordi la tua prima volta?»

Non capisco se è una domanda maliziosa.

Alle madri è concesso di essere maliziose?

«In viaggio con la scuola» dico, «la gita di terza media, un volo per Firenze.»

Mi chiede che ricordo mi resta, di quella prima volta, se fossi agitato o preoccupato o impaurito. Le spiego che ai maschi della mia generazione, alle scuole medie, non era concesso mostrare nessuno dei suddetti stati d'animo. Aggiungo che comunque non ho grandi ricordi. Sentenzio che probabilmente avrò dormito.

«Forse diamo troppa importanza alle prime volte» dice la donna, «mi sembra più importante per me che per lei», e nuovamente indica la bambina.

Alice in effetti non sembra turbata, mostra quell'incoscienza baldanzosa che attraversa certe bambine sicure di sé.

Sua madre osserva il finestrino spiegando tutte le fasi del decollo, ne approfitto per socchiudere gli occhi ma Alice processa ogni input con una frenesia pressoché incontenibile.

Quando l'aereo si stabilizza l'eccitazione comincia a smorzarsi, e la bambina si addormenta con un talento in cui non faccio fatica a rispecchiarmi.

«Sono Barbara, piacere» dice sua madre.

Riapro gli occhi.

Mi rassegno.

«Leonardo, piacere mio.»

Dice Barbara che a Roma ha lasciato le amiche di una vita, le amiche dell'università, dei primi anni di lavoro. È tornata a Cagliari perché Cagliari è una città che imbroglia, ti fa credere che tutto è facile, ti mostra l'orizzonte dalle sue colline dando l'impressione che il mondo sia lì, a un passo. Sino a quando non ti rendi conto che in un'isola, l'orizzonte – tutto quel cielo, tutto quel mare, tutta quella bellezza a perdita d'occhio – be', che in un'isola l'orizzonte è confine.

Sta andando a Roma per presentare Alice alle sue vecchie amiche, finalmente.

Mi chiede le ragioni del mio viaggio e le dico del libro, le parlo di Riva.

«Ah guarda, non sarà un libro per me. Scusa se te lo dico ma io lo odio il calcio.»

Le spiego che non è un problema, io non ho mai letto Tolstoj, lei male che vada non avrà letto Carboni.

Mi permetto però di criticare il pregiudizio.

«Io per esempio odio la guerra, ma ho amato l'*Iliade*.»

«Fammi capire, ti stai paragonando a Omero?»

«Può anche darsi ma non è questo il punto. Il punto è che le storie sono storie, raccontano la vita, le donne, gli uomini, i loro sentimenti. Dovremmo abbandonarci alle storie senza cinture di sicurezza, questo è il punto, rischiare un frontale con qualcosa che non conosciamo.»

Il tizio belloccio si rivela anche molto gentile e ci chiede se vogliamo bere qualcosa, se ci va uno snack.

Entrambi rifiutiamo.

Barbara mi concede il beneficio di leggermi, prima o poi.

«Del resto anche quella sarà una prima volta. Sai, ho capito una cosa sulle prime volte, da quando è nata Alice.»

Il mio sguardo è un invito a proseguire.

«Ho capito che i figli ti portano a rivivere tutta una serie di prime volte. È una delle cose più incredibili dell'essere madre, la vita che ti concede un'altra opportunità. L'opportunità di non rifare certi errori, di metterti al riparo da certi dolori. Lo fai per un'altra persona, è vero, ma, ti assicuro, è come se lo facessi per te.»

Il sonno di Alice è rumoroso in una maniera piuttosto buffa, i suoi sospiri come lo sfiato leggero di una moka da due.

Continuiamo a parlare di prime volte. La prima volta che ci si stupisce per qualcosa, che si prova rabbia disgusto paura. Avere figli, mi dice Barbara, sblocca ricordi sopiti nell'inconscio.

«Non sarà la stessa cosa» rispondo, «ma a me succede con i libri.»

«Con i libri?»

«Certi libri sono capaci di piccoli prodigi, e cioè di

mostrare le cose – le cose che tutti conoscono, che hanno già visto, vissuto, digerito, espulso –, di mostrarle come se fosse la prima volta che si rivelano al mondo.»

Barbara sorride scoprendo una dentatura lievemente imperfetta che mi induce, fortissima, la tentazione di chiederle dov'è, se c'è, il padre di Alice.

Ma non trovo le parole adatte e allora è lei a parlare per prima.

«Ci pensi mai che quando si parla di prime volte, la prima cosa che viene in mente è proprio *la prima volta*? Chissà perché siamo ancora così ossessionati dal sesso.»

«Un mio amico dice che è colpa del darwinismo.»

«In che senso?»

«Nel senso che cerchiamo di accoppiarci con il maggior numero di partner per aumentare le possibilità di trasmettere i nostri geni. O anche se davvero non lo facciamo, una parte del nostro cervello non smette di pensarci. Ecco perché siamo sempre ossessionati dal sesso.»

«E tu hai un bel ricordo della tua prima volta?»

«Ah, be', wow. Diciamo che per noi era un po' come l'estrazione di un dente del giudizio. Qualcosa da fare per togliersi un pensiero.»

«È così anche per molte donne, sai, ma avrai pure qualche ricordo. Per me è l'odore di incenso. Quel ragazzino aveva acceso bastoncini di incenso per tutta la casa. E la cosa incredibile è che penso a lui ogni volta che vado a un funerale.»

«Amore e morte, un classico.»

«La ricordo come una cosa molto dolce, in realtà.»

Il pilota segnala che stiamo cominciando la fase di atterraggio.

«Per me era il giorno di Cagliari-Roma.»

«Come dici?»

«Era il giorno di Cagliari-Roma, il 10 gennaio del '99, un 4-3 pirotecnico.»

Barbara si mette a ridere e mi sfiora il petto con la mano.

Il tempo a terra è ottimo, rassicura il pilota, il cielo sgombro da nubi.

«O'Neill era se stesso in purezza» dico, «al quarto gol stavo per svenire, è uno dei ricordi più belli della mia vita.»

«No, aspetta, fammi capire: per te guardare una partita del Cagliari è meglio che fare sesso?»

«Al contrario: fare sesso è meglio di quasi tutte le partite che abbia mai visto, ma non di tutte tutte. Hai presente Bari-Cagliari? Pavoletti al novantaquattresimo? Ranieri che piange sotto la curva? Mio Dio. Dipende dalla partita, diciamo. Ma in effetti dipende anche dal sesso.»

Al momento dell'atterraggio Alice si stringe forte al petto di sua madre. Cosa dev'essere, per la prima volta, sentire le budella sconvolgersi per una discesa così rapida?

Si impaurisce ma non piange, Barbara sa come distrarla, le canta una canzone e penso che la canzone è brutta ma la sua voce è bella.

Le perdo di vista già in fondo alle scalette, ancora sulla pista, dopo averle aiutate a recuperare le valigie dalla cappelliera.

Le saluto mentre allungo il passo verso il terminal della stazione, accelerando per non perdere il treno delle quindici. Cammino veloce con la testa sul telefono per confermare il check-in, raggiungo il binario, cerco la mia carrozza e salgo a bordo, finalmente mi siedo.

E mentre il treno comincia a muoversi non riesco a togliermi Barbara dalla testa, non riesco a non fissarmi sulle prime volte.

Le prime volte possono essere entusiasmanti, adrenaliniche, terrorizzanti, ansiogene, deludenti, ma bene o male hanno un vantaggio: siamo sempre in grado di riconoscerle, è qualcosa che prima di allora non avevamo mai fatto.

E le ultime volte, invece?

Mi piacerebbe sapere se Barbara ci ha mai pensato.

Ricordo l'ultima volta che ho parlato con mio padre da sano. Stavo per partire al Salone del libro e sono andato a salutarlo. Mi ha pizzicato la guancia come faceva sempre lui, mi ha sorriso, mi ha detto «Divertiti».

Poi ha fatto una pausa e ha aggiunto: «E stai attento».

Avevo trentacinque anni, a cosa dovevo stare attento?

Non ricordo però la mia risposta, forse avevo solo sorriso ma, se avessi saputo che era l'ultima volta, magari mi sarei sforzato di dire qualcosa. Magari avrei provato a sorprenderlo, avrei cercato una frase a effetto.

Oppure l'ultima volta che ho fatto l'amore con Lilli Gruber. Era pomeriggio, eravamo in vacanza, stavamo dormendo. È successo al risveglio e ricordo che è stato molto bello, come tutte le volte. In una scala da zero a Cagliari-Roma non saprei dire, ma se devo sbilanciarmi dico che siamo abbastanza in alto.

Sarebbe stata diversa se avessimo saputo che era l'ultima? Avremmo messo più intensità? Più agonismo? Più epica?

Il fatto è che non sappiamo proprio un bel niente delle ultime volte. Le ultime volte succedono e basta e non concedono seconde possibilità.

Penso all'ultima volta di Riva su un campo di calcio,

nel febbraio del '76. Un giorno gelido d'inverno. Stavolta non un osso rotto ma un muscolo, la coscia destra: distacco del tendine dell'adduttore.

È un Cagliari male in arnese.

A sei anni dallo scudetto sono rimasti solo Brugnera e Nené, oltre a Riva, chiaramente. La squadra naviga nei bassi fondi della classifica. Degli eroi del '70 si percepisce appena l'eco di un'illusione. Come le ceneri di un amore.

Riva si fa male da solo mentre corre per recuperare una palla destinata a finire sul fondo.

In rete si trovano le immagini.

Fa impressione il silenzio.

Quarantamila persone che ammutoliscono.

Delle molte volte che Riva si è infortunato, questa è la prima di fronte alla sua gente. Ripenso al giorno dei funerali, al rumore delle cose che finiscono, a quell'uomo sul sagrato con occhi spiritati: "Mio padre mi ha dato cento lire per andare a comprare le noccioline. Non voleva che lo vedessi piangere".

Il Cagliari conoscerà quell'anno la prima retrocessione in serie B. Riva si sottoporrà a una nuova operazione, a una nuova riabilitazione, conoscerà l'onta delle figurine Panini divise a metà, come spetta ai giocatori di B: una figurina per due calciatori.

In campo non tornerà mai.

Chissà se avesse saputo, prima di quel Cagliari-Milan. Chissà come l'aveva sognata, la sua ultima volta.

Dopo il calcio comincia una travagliata carriera da dirigente che conosce alterne fortune. Dieci anni di momenti esaltanti, fallimenti scongiurati per un soffio, presidenti canaglie.

Come sempre gli è successo ci mette la faccia, soprattutto a un passo dal disastro. Al Cagliari concederà la sua immagine per l'unica campagna pubblicitaria della sua vita, ovviamente a titolo gratuito: una campagna abbonamenti con la società sostanzialmente sul lastrico, quando ancora non esistevano i diritti tv.

Sono gli anni difficili in cui, per la prima volta, si ritrova di fronte allo spettro della depressione. Ne ha parlato poche volte e lo ha fatto sempre alla sua maniera, dicendo meno del minimo, per lo più lasciando immaginare.

Sappiamo che la malattia ha bussato proprio in quel periodo, quando il campione non c'era più, quando è rimasto solo Luigi a fare i conti con la carne viva delle sue cicatrici.

Sono arrivati i figli a riempire quel buco dell'anima, la gioia di essere padre, di avere di nuovo un ruolo nel mondo, una nuova infinita gamma di prime volte davanti a sé. Ma i conti con l'abisso non ha mai smesso di farli. Cadere e rialzarsi come in campo, ma più difficile che in campo. L'avversario era la sua storia, la sua infanzia rubata.

Non aveva nemmeno trentun anni il giorno della sua ultima volta. Ne scriverà di nuovo Gianni Brera, dirà che "L'uomo Riva è un esempio per tutti, ma il giocatore chiamato Rombo di Tuono è stato rapito in cielo, come tocca agli eroi".

Ascoltare

A Roma è un pomeriggio di settembre tiepido tendente al caldo, la vita scorre piano come se la giostra non fosse ripartita, la solita smania di questa città sontuosa e ruffiana sembra ancora di là da venire.

Alberto e Federica mi aspettano seduti ai tavolini di Giufà. Coca Zero per lui e bollicine per lei. Lei le chiama sempre così: bollicine.

Per me una birra, grazie.

Federica beve solo bollicine e tutte le volte che passo per Roma mi dà appuntamento in questo caffè-libreria di San Lorenzo, il quartiere in cui lei e Alberto vivono da molto tempo. Lei giù a Scalo, lui verso piazza dei Sanniti.

«C'è questo Amarugi» racconto «che mi ha messo in un guaio da ventimila euro.»

Alberto mi dice che ha un cugino tenente a Nuoro, che prova a capire se si può fare qualcosa.

Federica mi dice che devo assolutamente assaggiare queste bolle.

Osservo il locale da fuori. Mi è sempre piaciuta la sua vetrata celestina, o forse è verde acqua?, il suo pavimento a scacchi, i suoi tavolini tondi, i libri dappertutto, sin dalla prima volta che mi ci ha portato Flavio.

Scatto una foto, gliela mando su WhatsApp.

Nel tavolo accanto c'è un tizio con un mullet esagerato, chino su un foglio a lavorare sullo storyboard di un fumetto; due donne sui cinquanta parlano dell'ultimo film di Lanthimos: non sono convinte; una ragazza spiega che ha lavorato a un corto piuttosto deludente, «Lo ha salvato il montaggio» le sento dire al telefono.

Alberto mi inoltra un numero e un indirizzo. Dice che è tutto confermato, Elvira Marinelli mi aspetta a casa tra circa un'ora. Salvo il contatto e mi rendo conto che il telefono si è agganciato al wi-fi per conto suo, ha riconosciuto questa rete come qualcosa di familiare.

È la stessa sensazione che provo anch'io ogni volta che passo da Giufà, quella di agganciarmi a qualcosa a cui sento di appartenere.

«Cosa fai stasera?» chiede Federica.

«Stasera torno a casa, se riesco prendo l'ultimo volo.»

Ma lei vorrebbe andare a fare festa, e Alberto vorrebbe andare a mangiare l'abbacchio. Ha scoperto un posto incredibile, dice, dobbiamo andarci per forza.

Saluto, pago da bere, compro un libro di Jamaica Kincaid, che non so bene chi sia ma mi piace la trama sul risvolto di copertina, e poi il libro è breve e a me piacciono le cose brevi, le cose facili, una volta ogni tanto, evitare di complicarsi la vita.

«Ma come non sai chi sia» mi dice Alberto in cassa. «Asino pezzente, è una delle più importanti scrittrici al mondo.»

Lo guardo, sorrido, mi viene sempre da sorridere di tutto quello che non so e degli accessi d'ira del mio amico.

Federica mi offre il motorino in prestito ma io preferisco muovermi a piedi. Fa caldo ma non è così caldo, sono in anticipo e se c'è una cosa che mi piace è camminare in giro per Roma.

Passo in piazza in mezzo agli studenti, il cinema Tibur poco più in là. Ascolto questo miscuglio di accenti e parlate strascicate di gente del Sud, lo sbiascico dei *locals*, le camicie aperte sin sotto il petto e i capelli viola rosa celesti.

Sento la vita degli altri sbattermi addosso.

Due bangla chiedono se ho bisogno di un po' di hashish, uno mi vede perplesso e precisa che ha anche cocaina.

Passo oltre e mi ritrovo di fronte a Marani.

Nel dehors un gruppo di signore, direi verso i settanta se non oltre, ciarliere e ridanciane, ben truccate, ben vestite, dignitosissime. Immagino Nora Marongiu in Erasmus a Roma, a sorseggiare rosolio in loro compagnia.

Camminando mi torna in mente un capodanno con Milena, che i miei amici chiamano Lilli Gruber ma lei si chiama così, Milena, e nella mia testa si chiama in un milione di altri modi che mi chiedo adesso a cosa servono, tutte quelle parole inventate, mi chiedo dove va a finire, quando tutto finisce, il lessico degli innamorati.

Mi torna in mente quel capodanno che Alberto era via e ci ha lasciato casa per qualche giorno. Ricordo il pranzo in una trattoria di via dei Volsci, gricia vino rosso e broccoletti, ricordo i giri per queste strade che conosco meglio dello sterminato hinterland cagliaritano, certi quartieri, la via Fanfulla di Pasolini e la via Veneto di Fellini, Villa Borghese che non abbiamo prenotato e non siamo riusciti a entrare, peccato, però che bello, che bel sole quel primo dell'anno, che aperitivo l'aperitivo da Panella, sessanta euro ma pazienza, c'era un sole perfetto, e le tombe di Gramsci e Lussu mi ricordo, eravamo a Testaccio, era bello persino girare per cimiteri.

Cammino più del dovuto oltre le facce affilate di via Giolitti, oltre il gran bazar di piazza Vittorio e sino a via Merulana, così elegante austera borghese; poi prendo per San Giovanni e torno indietro verso Termini.

Come tutte le volte che sono in anticipo, finisce che arrivo in ritardo.

Viale Manzoni, un palazzo signorile semplice e bello.

«Carboni?» dice al citofono Elvira Marinelli.

«Sono io, buonasera.»

«Sesto piano, prego.»

Mi trovo davanti una donna di sessantasette anni, in pensione da tre. La si direbbe più giovane forse per il suo aspetto così solare, ampio il sorriso, esile la corporatura che sembra però dritta e forte, a giudicare dalla postura e dalle braccia toniche che sbucano da un vestito a fiori con bretelle sottili.

Mi propone subito di darci del tu, accetto.

«Be', un po' di tutto» risponde quando le chiedo di cosa si occupava in Federazione. «Poi sono entrata in segreteria organizzativa. Logistica, trasferte. E non mi sono mai più mossa. Aerei, transfer, alberghi, ristoranti. Ogni partita della Nazionale sono cinquanta, sessanta persone che si spostano. Da ogni parte d'Italia, spesso anche dall'estero. Persone che mangiano, dormono, lavorano. Dovevo tenere conto di un'infinita lista di piccole cose. Allergie, stravizi, paturnie, comodità, internet, discrezione. La discrezione prima di tutto.»

La casa è piena di luce, viale Manzoni è una strada ampia di palazzi ben tenuti e l'altezza del piano consente una vista sul viale di fronte; in lontananza gli archi di un acquedotto nel bel mezzo dell'Esquilino, una vista su Roma che ancora non si è ripresa dal torpore.

Non vedo in giro le solite foto di cresime, matrimoni, battesimi, figli, parenti. Elvira non si è mai sposata ma uomini sì, ne ha avuti, quasi sempre amori lontani, finiti nemmeno ricorda più il perché, ma finiti di certo.

«Calciatori? Qualcuno» risponde ridendo. «Erano gli anni Novanta, giocava nell'Inter, io romanista ma ci siamo divertiti per tutta un'estate.»

Ci sono però tante foto di Elvira in tailleur, lo stemma federale sul petto della giacca, lei allo stadio Olimpico insieme a Carlo Azeglio Ciampi, lei che bacia la coppa del mondo su un aereo di ritorno da Berlino, lei con Zidane a bordo campo, sudato fradicio, giovane, bellissimo.

Lei, infine, insieme a Riva che ride, Riva già ingrigito nel manto, lei forse quarantenne, che ride a sua volta con quella stessa aria solare ma, mi verrebbe da dire, in stato di grazia, la testa posata sulla spalla di lui, lui in maniche di camicia su un campo di allenamento, potrebbe essere Coverciano, la giacca tenuta con l'indice sulla spalla sinistra, gli occhiali a specchio.

«Certe volte i calciatori sono dei tali coglioni, dei ragazzini viziati, ecco. Ma con lui non volava una mosca. Quando ha cominciato come team manager, verso la fine degli anni Ottanta, io ero appena entrata in Federazione. Una volta si diceva dirigente accompagnatore ma, insomma, il ruolo era quello di far da tramite tra la squadra e il mondo. I giocatori, e questo lo avevo capito subito, di solito non hanno grande stima dei dirigenti, non si fidano, non li vogliono tra i piedi. Ecco, con lui era diverso. Sapevano di averlo dalla loro parte e non era tanto quello che diceva, lo sanno tutti, era uno di poche parole, era piuttosto la capacità di ascolto, sì, Gigi era uno che sapeva ascoltare, questo soprattutto, e sapeva capire le persone, i loro problemi. Sapeva che i giocatori prima di tutto sono ragazzi, ragazzi strappati troppo presto al ruolo di essere ragazzi, in un mondo che gli chiede di diventare uomini molto in fretta. Certi riescono, certi no. Due categorie di calciatori soprattutto sapeva inquadrare. I fragili e gli irregolari, che spesso avevano una grande cosa in comune.»

«Sì? E cosa?»

«Il fatto di essere campioni. Mi ricordo un ritiro nel centro federale di Coverciano, era il '90, la Fiorentina aveva appena venduto Baggio alla Juve. Venti o trenta brutti ceffi si presentano di notte, erano infuriati, volevano lo scalpo di Baggio, gli davano del traditore. Considera che Coverciano è a venti minuti da piazza della Signoria. Be', Gigi era uscito in ciabatte, con un bastone, lui e l'addetto stampa, a fronteggiare un gruppo di ultras senza aspettare che arrivasse la polizia. Baggio per lui è stato come un fratello minore, forse gli sembrava di rivedercisi. Come atleti erano agli antipodi ma Gigi poteva capire il suo fardello: essere il più bravo, riuscire a dimostrarlo ma non sempre, il fisico martoriato dagli infortuni, esporre il fianco alle critiche, alle voci, alle dicerie.

Tutti ricordano il loro abbraccio dopo il rigore sbagliato in finale di Coppa del mondo, a Pasadena, nel '94, con Gigi che lo prende sotto la sua ala mentre Baggio è in lacrime. Ma c'è un episodio privato, di quel

Mondiale, che è stato molto più profondo per il loro rapporto. Baggio in quel momento è il più importante calciatore al mondo. Viene sostituito durante la partita contro la Norvegia quando l'Italia rimane in dieci per l'espulsione di Pagliuca. Sono il più forte, deve aver pensato, siamo rimasti in dieci, e tu cosa fai, mi togli dal campo? Non riusciva a crederci. Le telecamere hanno pizzicato il suo labiale rivolto a Sacchi: "Ma è impazzito?". Ricordo Gigi correre dalla tribuna agli spogliatoi. È stato il primo a parlarci, a lasciarlo sfogare, a farlo calmare. Aveva appena dato del pazzo al suo allenatore in mondovisione, sarebbe scoppiato un casino.»

Rimango colpito dal suo sguardo, dalla vividezza nerissima di questi occhi così accesi.

«Lo sai, Gigi non era uno da grandi discorsi, prendeva i ragazzi sottobraccio, ai bordi del campo, durante gli allenamenti, gli diceva quelle due o tre cose di buon senso che bisognava dire. Testa alta, diceva sempre. Per lui l'importante era lasciare il campo con dignità, senza rimpianti, senza scomporsi. In Corea ho visto Gattuso andare incontro a un giornalista con quell'aria che aveva sempre lui, rissoso, a muso duro, franco sin quasi allo scontro fisico. Eravamo nella hall dell'albergo, Gigi si accorge di tutto solo osservando la faccia di Rino appena uscito dall'ascensore. Gli va incontro, gli sussurra qualcosa all'orecchio – ma è stato solo un istante, giuro – e Gattuso si blocca all'improvviso. Guarda il giornalista in cagnesco e se ne va con Gigi a prendere un caffè.»

«Perché si fidavano di lui, e degli altri no?»

«Be', perché lui era lui. Aveva un'altra forza, la forza della sua storia, del suo rigore, della sua serietà, della sua coerenza. La forza di uno che per la Nazionale si è rotto due gambe, anche se a lui non è mai piaciuto metterla in questo modo. La forza di chi ha fatto più gol di tutti con questa maglia. Luca Toni, una volta, ha detto che Riva era il miglior psicologo del calcio in circolazione. Quando Lippi era CT e i giocatori avevano un problema, li mandava tutti a parlare con Gigi, specie gli attaccanti. E anch'io, se posso, nel mio piccolo, per come l'ho conosciuto – e credo di averlo conosciuto bene –, ti dico che quando ci parlavi ti stava a sentire veramente. Ti capita mai, quando parli con qualcuno, di avere la sensazione che non stia davvero ascoltando, ma che stia aspettando il suo turno per parlare? Be', con lui non era così. Certe volte non abbiamo davvero bisogno di un consiglio, abbiamo solo bisogno di qualcuno che ascolti, che ascolti e non giudichi, che ci ricordi di camminare a testa alta.

Quando andava tutto bene potevi anche non accorgerti di lui, sul serio. Ma quando qualcosa andava storto Gigi era lì, era pronto, sapeva come fare.»

«Che cosa è stato, per te?»

«Guarda, te lo dico senza vergogna: io ci sono cascata con tutte le scarpe.»

«Che cosa intendi?»

«Ero innamorata di lui. Per molti anni sono stata innamorata di lui. Era più grande di me, e allora? Cos'è l'età? Cosa sono gli anni?»

«Cosa sono?» domando.

«Sono solo numeri. Hai mai visto un amore fermarsi di fronte a un numero?»

«E come andò?»

«Non mi riuscì mai di dirglielo. Mi trattava come una figlia, non si è mai presentata l'occasione. E poi c'era di mezzo il lavoro, lui aveva famiglia, non me la sono sentita. Ma aveva una sensibilità profonda, una capacità acutissima nel capire la gente, nel capire le cose che non vengono dette... Be', è chiaro che lo sapeva. Una sera poi, in Svezia, siamo rimasti solo noi nel bar dell'albergo. Lui fumava in un angolo, il bar aveva già chiuso, gli ho chiesto se volesse salire in camera a bere qualcosa.»

«E lui?»

«È rimasto di spalle a guardare la vetrata che affacciava sul giardino. Ricordo ancora l'irrigazione accesa sul prato all'inglese. Ha continuato a fumare e mi ha detto che lui, la notte, ha già troppi pensieri. E che l'amore non vuole pensieri.»

Le chiedo se non si senta sola, qualche volta, se non abbia qualche rimpianto per quei suoi amori perduti, dimenticati, mai dichiarati. Mi risponde che no, rimpianti nessuno, non ha mai desiderato dei figli, per esempio, ha sempre voluto legarsi a qualcuno per il semplice desiderio di quel qualcuno, e basta.

«Se ora mi sento sola? A quasi settant'anni? Cosa vuoi che ti dica, ormai sono sola da tanto tempo. Ma conosco così tante persone che si sentono sole anche se sono in due. Il problema sai qual è?»

La guardo. Non credo che si aspetti una risposta.

«Sai qual è il problema?»

E invece sì, se l'aspetta.

«Qual è il problema?»

«Il problema è che non ci bastiamo. Non ci bastiamo da soli, non ci bastiamo in due, non ci bastiamo coi figli, non ci bastiamo coi nipoti. Io l'ho capito molto tempo fa che non ci bastiamo. E quando l'ho capito mi ha fatto male, certo, mi sono chiesta perché fossi così cretina da non riuscire a cavarmela da sola. Ma capirlo mi ha anche tolto un peso, sai, mi ha tolto la responsabilità sociale di certe scelte, di certi affanni, di certe tappe obbligate.»

Smette di parlare per qualche secondo ma non come qualcuno che abbia finito, come qualcuno che stia pensando alla prossima mossa.

«E tu, invece?» mi chiede.

«Io cosa?»

«Hai qualcuno? Sei solo?»

«Be', sì, sono solo.»

«Alla tua età?»

«Ho quarant'anni, ormai quasi quarantuno.»

«Avrei detto qualcosa di più, sai? Si vede dagli occhi che non sei più un ragazzo. Hai un dolore da qualche parte che viene fuori dagli occhi. Ma io ti dico una cosa: non mi sono mai votata al martirio.»

«Cioè?»

«Cerca di star male il giusto, dopo è solo manierismo. Il segreto, se mai posso dire di aver scoperto un segreto, il segreto è il desiderio. È il desiderio che ti guarisce, nel desiderio c'è dentro il futuro. Il guaio è quando quel futuro lo raggiungi, quando quel desiderio lo realizzi. A quel punto resta solo una cosa da fare.»

«Ah, sì? E cosa?»

«Cambiare desiderio.»

Lo dice alzando appena le spalle, come a dire "Be', è ovvio".

Mi viene da chiederle quale sia, oggi, il suo desiderio.

«Rimpianti ti ho detto che non è da me, però ho ancora qualche sogno. E guarda che alla mia età non è scontato.»

Elvira abbassa lo sguardo per un momento, sorride.

«Ti sembrerà stupido, ma sogno che un giorno tutte le persone che mi hanno voluto bene» si ferma, sospira, «be', sogno di averle tutte qui, attorno a me, anche solo per un momento.»

La luce nella stanza diventa di un rosso chiarissimo, quasi sbiadito, e il sole comincia a scendere piano, questo sole di settembre che non è più la stessa cosa, che sa essere caldo ma non sa più essere lungo. A settembre le giornate si accorciano e la vita è meno vita, il sangue comincia a raffreddarsi e ogni anno, in eguale misura, mi deludo e mi dispero per l'estate che finisce, come se all'orizzonte facesse capolino il primo autunno della mia vita.

«Com'è andata veramente, al ritorno dalla Germania, nel 2006?»

Gli occhi di Elvira si riaccendono, la postura torna dritta.

«È andata che i giornali ci massacravano. Ma non solo i giornali, tutti. L'opinione pubblica, la politica. Tutti. Eravamo nella bufera di Calciopoli, lo scandalo delle partite aggiustate, degli arbitri minacciati e chiusi negli spogliatoi, il marcio del calcio italiano esposto in pubblica piazza. Era caduto il velo e tutti facevano a gara per prendere le distanze, per giudicare, puntare il dito. Secondo alcuni non ci saremmo nemmeno dovuti presentare al Mondiale.»

«E Riva?»

«Gigi aveva fatto quello che il suo ruolo prevedeva. Si era messo tra la squadra e il mondo. Aveva risposto malamente a Beckenbauer che ci sfotteva. Per lui il Mondiale doveva essere una parentesi. Senza polemiche e senza scandali. Gli scandali semmai erano dei dirigenti e dei club, non della Nazionale, non dei giocatori. L'aria era pesatissima, pensa che Lippi aveva persino cambiato le regole: nell'hotel della Nazionale dormivano solo i giocatori e lo staff tecnico. Me lo ricordo bene perché era la prima volta che dovevo prenotare alberghi diversi, uno per la squadra e uno per i dirigenti.

Nemmeno il presidente della Federazione dormiva con loro. Nessun dirigente.»

Elvira si sporge verso di me e comincia a parlare con un'enfasi diversa, nell'agitarsi le cade sul braccio una bretella del suo vestito a fiori.

«Nessuno tranne Gigi» aggiunge. «In quel Mondiale soprattutto il suo compito era quello di esorcizzare le scorie negative, mettere il silenziatore ai malumori, dare tranquillità. Quel Mondiale è anche il suo Mondiale, quello che non è riuscito a vincere da giocatore. Ci credi se ti dico che non l'ho mai visto sorridere in quel modo? Ogni tanto rivedo le foto di lui e Gattuso, uno di fronte all'altro, dopo il fischio finale; di lui con Totti che culla la coppa come fosse un bimbo in fasce; di lui con Cannavaro e Buffon, che poi quando li ho visti uscire dalla chiesa con la bara di Gigi in spalla mi è scoppiato il cuore. Ma dell'Italia campione del mondo sai cosa ricordo, soprattutto?»

Stavolta non rispondo.

Aspetto.

«I sorrisi di Gigi Riva.»

Lascio decantare le sue parole senza incalzarla. La osservo nella beatitudine di un ricordo. Quanto ci sarà di vero? Quanto la memoria lo avrà modellato per generare un pensiero felice?

«Era un tipo da campo» dico dopo un po', «ma non era un tipo da feste.»

«Ho capito dove vuoi andare a parare. Be', io c'ero, è andata esattamente come la raccontano.»

«Ma io voglio sapere come la racconti tu.»

Con un gesto rapido sistema la bretella sulla spalla.

«Torniamo a Roma con la coppa del mondo e Prodi ci riceve a Palazzo Chigi. Poi saliamo sul pullman scoperto per il bagno di folla al Circo Massimo. È un giorno di festa ma vedo Gigi tesissimo. Lo vedo discutere in fondo al bus con i dirigenti federali. Dice che lui è una persona educata, che qualche mano l'avrebbe anche stretta perché è così che gli ha insegnato sua madre, ma farli addirittura salire sul pullman, be', in quel caso sarebbe sceso lui.»

«Che gente era?»

«Stiamo parlando del sottobosco di certa politica, diramazioni di potere residuale ma influente abbastanza da pretendere di salire sul pullman della Nazionale campione del mondo. Uno era lo stesso che non voleva che andassimo in Germania. Benissimo, ha detto Gigi vedendoli salire. Ricordo che si è avvicinato all'autista e si è scusato per il disturbo. Gli ha chiesto il favore di aprirgli il bagagliaio ma prima di scendere mi ha guardato, non ha né sorriso né fatto un occhiolino, niente, mi ha guardato e basta. Poi ha sceso le scalette, ha recuperato il trolley dalla pancia del bus e si è lasciato il tripudio alle spalle, abbandonandosi da solo alle strade ciancicate di questa città.»

I capelli di Gigi Riva

Riesco a parlarci in un bar poco lontano da casa sua.

L'ho spiato per qualche giorno, non ne vado certo orgoglioso, mi sono messo lì presto al mattino per capire orari, abitudini, spostamenti. So che rientra a una certa ora e che fa sempre un passaggio al bar, nel tardo pomeriggio, per un tramezzino e le sigarette.

Attacco bottone con un pretesto e Amarugi si rivela loquace, gentile. Qui tutti lo conoscono come Alfredo e ne hanno simpatia, mi sembra, ne hanno rispetto.

Sfoglia un giornale sportivo, si lancia in un paio di considerazioni sfiduciate sulla stagione del Cagliari appena cominciata.

Qualcuno gli regge il gioco: «Finiamo dritti in serie B».

«Se l'atteggiamento è questo» mi intrometto io, riferendomi al loro disfattismo, «ci sono buone probabilità.»

«Ma hai visto il centrocampo?»

«Ho visto, ho visto. È una squadra con qualche limite, ma le altre non sono granché.»

Provo a spiegare che dovremmo esserci abituati, del resto è il destino che ci è capitato, quello di tifare Cagliari. Tifare Cagliari è come avere un fratello che ti fa disperare, che si caccia nei guai, che non trova lavoro, che si lascia di continuo con le fidanzate, che ti sfinisce ti delude ti stravolge. E però è tuo fratello, come fai a non esserci sempre?

Amarugi non dà segno di ricordarsi di me. Non so che mansione svolga per l'Arma ma non dev'essere granché come investigatore. Però trova simpatico il mio ragionamento, si trattiene a parlare, mi chiede di cosa mi occupo.

«Sto lavorando a un progetto su Riva.»

E in questo momento la conversazione prende una piega che non mi aspettavo. Amarugi comincia a parlare della tristezza che prova, di tanto in tanto, nel ripensare al fatto che Riva non c'è più. Mi dice del magone che gli prende quando le tifoserie avversarie, gli ultras più carogne, i peggiori teppisti da stadio, intonano per Gigi cori di ammirazione, durante le loro trasferte a Cagliari.

«In un Paese in cui ci scanniamo per tutto, in cui ogni occasione è buona per insultarci, Riva è stato un uomo capace di unire. E mi sembra incredibile, sai, vivere in un mondo dove lui non c'è più. È come se da un giorno all'altro sparisse il porto, o che ne so la spiaggia. Io poi sono nato il giorno dello scudetto, sarà una stupidaggine ma ho sempre sentito di avere un legame speciale per questo fatto.»

«Ma non mi dire, il 12 aprile?»

«Il 12 aprile del '70! Mio padre non ha nemmeno fatto finta di fumare una sigaretta in sala d'attesa, era allo stadio, Riva gli aveva procurato un biglietto, altrimenti quel giorno era impossibile.»

«Tuo padre lo conosceva?»

«Era il suo barbiere.»

«Stai scherzando.»
«No, andavano tutti da lui. Brugnera, Nené, Greatti, Cera, Tomasini. A casa ho ancora una montagna di foto.»
«Nel salone di via Einaudi?»
«Nel salone di via Einaudi, esatto. Come lo sai?»
«Be', credo che mio padre abbia lavorato per tuo padre, quand'era ragazzo.»

Amarugi mi racconta di essere l'ultimo di cinque figli, suo padre era già grande nel '70, è morto una decina d'anni fa.

«Sai cosa penso, quando penso a lui? Penso che non era mai arrabbiato. Mi ricordo che fischiettava sempre anche se non sapeva fischiare, in piedi nel suo salone mentre tagliava i capelli, in sottofondo qualche opera lirica. Fischiettava male la *Carmen*, o meglio la soffiava, e ricordo che provavo un senso di imbarazzo, quasi di umiliazione, per questo suo non riuscire a fischiare, ma doveva essere una cosa solo mia, lui se ne fregava. E non si arrabbiava mai. Mi ricordo l'odore di schiuma da barba e brillantina, nei pomeriggi passati in salone dopo la scuola, seduto in un angolo a morire di noia.»

Gli racconto che mio padre sapeva fischiare eccome. Certo non erano opere liriche, erano due fischi secchi e potenti, uno più lungo e uno più breve: *fiu-fi!*; e ovunque fossi, al mare o per strada, in un campo da calcio o fuori da un locale, era il segnale che lui mi stava cercando. E se mi capita di sentire un fischio che assomigli al suo, ancora oggi, nei momenti in cui sono sovrappensiero, mi guardo intorno aspettando di vederlo sbucare da un momento all'altro.

Ma quando penso a lui penso soprattutto alle sue

mani, dico al tenente Amarugi, che erano mani piccole perché lui era piccolo, ma che sono mani enormi nei miei ricordi di bambino. Penso a lui che viene a prendermi a scuola, solo di sabato, quand'era libero dal lavoro, ricordo che mi teneva lo zaino dalla maniglia in cima, sollevandolo appena ma senza sfilarlo, dandomi l'illusione che fosse diventato leggero, che i libri fossero svaniti, la sensazione che, qualsiasi cosa la vita avesse in serbo per me, ci sarebbe stato lui con le sue enormi mani a togliere un po' di peso.

«Se non sono troppo invadente» aggiungo, «mi piacerebbe vederle.»

«Che cosa?»

«Le foto.»

«Ah, sì. Sì certo, be', si può fare.»

«Non voglio metterti in imbarazzo, non so nemmeno se è vero che mio padre ha fatto il garzone da voi. Era una cosa che diceva così, forse per farmi ridere, per prendermi un po' in giro. Era uno a cui piaceva scherzare.»

Amarugi mi guarda quasi con compassione, sicuramente con gentilezza. È un uomo robusto ma non grasso, forse solo fuori forma, appena più alto di me ma con maggiore struttura, diciamo, il grigio nelle tempie, una strana barba di colore rossastro che vira verso il bianco, specie sul mento. Ha poco più di cinquant'anni, tutto sommato portati con decoro.

Saliamo da lui e subito si scusa per un disordine che non mi sembra di vedere. È una casa normale in cui vivono tre persone, c'è quel tanto di confusione che possono fare due adulti e un'adolescente in un appartamento che sembra vivo, in cui si respira un certo calore.

«Rita, ci sono ospiti!» grida verso la stanza di sua figlia. Poi, rivolto a me: «Non ricordo più com'ero alla sua età, ma lei mi sembra cento volte meglio. Ha un'ironia che tuttora me la sogno. Forse è solo più intelligente, non so, o forse sono le solite cose che pensano i padri. Anzi, scusami, sto facendo il padre orgoglioso, è una cosa penosa, mi rendo conto. Ma se avrai figli capirai».

«Be', mai dire mai, ma ho quarant'anni, mi sembra difficile.»

«Quaranta? Avrei detto meno. Comunque sì, mai dire mai.»

Poggiato su una sedia vedo un busto del Dr. Gibaud, sul tavolo della cucina una confezione di Toradol.

Amarugi bacia una donna molto piccola di statura ma pur sempre graziosa, più giovane di lui; si chiama Lucia e ha i capelli scuri e lisci, gli occhi verdi, una frangetta che scende quasi sulle sopracciglia. Insegna storia e italiano al liceo artistico e per baciarlo interrompe la lettura di un libro che poggia aperto sul tavolo, per tenere il segno.

Amarugi si congeda con permesso.

Lucia ci tiene a offrirmi da bere ma, avverte, ha solo Ichnusa al limone.

Il libro sul tavolo è *La bella estate* di Pavese e mi viene spontaneo toccarlo, sfogliarne qualche pagina.

«Lo sto rileggendo per la centesima volta» dice Lucia.

Mi parla della leggerezza, della profondità, dell'attualità di Pavese e di questo libro in particolare, dei personaggi femminili e dell'anelito sorprendente di emancipazione che trasuda in queste pagine. Lo definisce proprio così: anelito sorprendente.

Poi si sofferma a guardarmi meglio, lascia la stanza e quando torna mi mette sotto il naso un libro scritto da me.

«Sei tu?»
Butto giù un sorso della mia birra al limone.
«Be', sì.»
È una cosa che non succede quasi mai, e quando succede mi mette sempre in imbarazzo.
Mi porge il libro chiedendo una dedica ma c'è solo una cosa che vorrei scrivere. Vorrei scrivere che suo marito mi ha cacciato nei guai, che questo Paese è messo come è messo per colpa di gente come lui, i furbetti, i lavativi, gli imbroglioni. Vorrei scrivere "Ma non ti vergogni, tutti i giorni, Amarugi, a indossare una divisa che dovrebbe tutelare la legalità?, ma con quale faccia, con quale cuore, ti presenti al lavoro?, come fai?, dimmelo, come cazzo?".

Per Lucia e Alfredo,
per questa birra al limone,
per la vostra ospitalità.
Leonardo

Dice Lucia che il libro l'ha trovato carino.
Conosco tre o quattro scrittori che perderebbero la brocca davanti alla parola "carino". Io mediamente abbozzo. Certo non è "anelito sorprendente", ma è sempre meglio di "stanno assumendo in Comune, ti mando il link".
Amarugi si presenta in cucina con una grossa scatola il cui contenuto viene rovesciato sul tavolo.
Lucia gli fa sapere che ha letto un mio romanzo, lui non sembra registrare l'informazione o comunque non si mostra colpito.
È questo, penso, il momento di dirglielo, perché sarai pure una persona gradevole, Amarugi, avrai pure

una moglie dalle letture raffinatissime, ma ti sei imboscato sette mesi dal lavoro, su, finiamola qui, adesso fai una bella telefonata in caserma e avvisi che è stato tutto un malinteso.

«Qui è con il sindaco Brotzu, qua con Tito Stagno.» Comincia a sfogliare una foto dietro l'altra, non mi dà tempo. C'è sempre suo padre con qualcuno di famoso. Andrea Arrica, Benito Urgu, Nanni Loy, Albertosi, Niccolai, Scopigno.

Mai mio padre, mai un aiutante, mai nemmeno Riva.

Amarugi si scusa, mi dice di continuare da solo perché lui, a quest'ora, ogni giorno, dopo il lavoro, gli tocca sempre la solita seccatura.

Si alza e prende il busto dalla sedia, chiede aiuto a Lucia.

«Un po' più forte» dice, «ancora un po', ecco, così.»

Non riesco a fare a meno di guardarlo.

Se ne accorge.

«Cosa vuoi che ti dica, un cretino nel parcheggio di un market, lo scorso gennaio. Un botto con la macchina.»

«Ah, mi spiace...»

Bevo un sorso di birra, guardo altrove.

«Magari avrai frenato all'improvviso, qualche volta succede, sai.»

Prende un bicchiere d'acqua e una pastiglia di Toradol, deglutisce.

«Ero fermo, Cristo santo. Ma io dico, cosa ti metti a correre nel parcheggio di un market?, ma che fretta hai?, cosa ti dice il cervello?»

Entra Rita con un paio di enormi cuffie in testa, un pantalone grigio cortissimo, una maglia oversize che probabilmente era di Amarugi. Ha un'aria buffa da quattordicenne annoiata, ancora infantile però già molto sveglia. Mi sorride ma non saluta, apre il frigo, prende una Fanta, scompare di nuovo.

Cosa ricordo davvero di quella sera d'inverno, di quella manovra nel parcheggio di un market? La memoria sta cercando di proteggermi? O di ingannarmi?

«Ah, ma certo» dice Amarugi ormai stretto nel suo busto, «le foto con Riva sono in una scatola a parte.»

Chiede il favore a Lucia perché lui non riesce a muoversi: «Nell'armadio, in alto a destra».

Rimasti soli mi accorgo che anche lui comincia a osservarmi. Bevo un altro sorso, chino la testa per cercare di nascondermi.

«Magari è solo un po' di sciatica» dico.

«Ho due vertebre schiacciate, altroché. Mi sono fatto visitare da tre luminari, ho speso una barca di soldi. A quanto pare sono inoperabile.»

Lucia torna poco dopo e rovescia sul tavolo un'altra montagna di fotografie.

Dopo una serie di facce sconosciute, facce incredule accanto a un Riva sempre più o meno uguale, alla fine lo vedo.

Vedo mio padre ragazzino, magro come una fiocina, scuro come un cagliaritano figlio di cagliaritani, avrà sedici anni, sembra un peruviano di qualche *asentamiento* sperduto, non ride, tiene in mano una scopa e se ne sta drittissimo accanto a Riva, che potrebbe avere diciannove anni in quel momento, ancora molto secco ma già due volte mio padre, anche lui serissimo. È una foto in posa, forse si usava così allora, nessuna faccia buffa, ogni scatto aveva un costo e quindi un valore.

Per terra, ben raccolto accanto alla scopa, un mucchietto fitto di capelli neri.

I capelli di Gigi Riva.

«Tutto bene?» domanda Amarugi.

«Tutto bene?» domanda Lucia di fronte al mio lungo silenzio.

«Io? Sì, sì. Tutto bene. Credo di sì.»

«Puoi tenerla, se vuoi» dice Amarugi.

«Il tempo di scannerizzarla e te la riporto.»

«Tienila. Mi fa piacere se la tieni tu, sul serio.»

Dall'ascensore scatto una foto e la mando a Claudio, la mando a mia madre.

Subito me ne pento.

Avrei voluto vedere le loro facce.

Perché aspettare?

Ho mandato a Gildo un paio di messaggi.

Mi sono scusato.

Ho provato a telefonare ma niente, non mi ha risposto, dev'essere furibondo. Non me lo immaginavo permaloso, volevo solo dirgli che oggi passo in ospedale.

Devo parlare con Maria Chiara, collega di Silvia, la mia amica cardiologa.

C'era lei in turno la sera del 22 gennaio, giovane medico nemmeno quarantenne, tutt'altro che inesperta, sicura di sé, empatica il giusto, distaccata quanto basta, umbra d'origine capitata in Sardegna per via delle graduatorie sbilenche che regolano il traffico nelle facoltà di Scienze mediche.

Maria Chiara ha l'aria di essere un po' più grande ma forse è il ruolo che mi induce a pensarlo, o magari saranno gli anelli, gli orecchini, il bracciale, questi accessori eleganti portati con grazia, pezzi classici, perle e oro giallo. Mi ricorda mia madre quando andava in ufficio, dev'essere questo a renderla più adulta. Oppure il fatto che è sempre di fretta, come spesso capita a chi fa questo lavoro.

Mi saluta, mi chiede di avere pazienza ma è una giornata un po' così. Rispondo che posso tornare in un altro momento, che non vorrei dare disturbo.

Lei nemmeno mi sente o forse non ha tempo di rispondermi, ha già cambiato corridoio.

Ne approfitto per salire in Neurologia, chiedo a Silvia se mi dà un passaggio, visto che lei è smontante.

«Ti faccio conoscere un amico» dico.

Soprattutto mi serve un passe-partout per accedere al reparto fuori dall'orario di visite.

«Ho visto Lilli Gruber, domenica» mi dice Silvia in ascensore, «abbiamo pranzato insieme. L'ho trovata molto bene, sai?»

Vorrei chiederle a che tipo di bene si riferisce, bene come una che si è tolta un peso? Vorrei chiederle molte cose, in realtà, magari se hanno parlato di me. E se sì, come. Con affetto? nostalgia? rancore?

«L'ho trovata bene, sì, aveva quel suo sguardo così...»

«Luminoso.»

«Sì, luminoso. Hai presente?»

«Ho presente, direi di sì.»

Sesto piano, Neurologia. Silvia mi chiede di fermarmi in corridoio mentre va a parlare con il personale di turno.

«Maccioni, mi hai detto?»

«Maccioni, sì, Gildo Maccioni.»

La osservo dentro una specie di stanzino attraverso il vetro di una finestrella. La reazione del suo interlocutore mi sembra stupita, poi Silvia si gira e mi indica attraverso il vetro. L'interlocutore mi fa cenno di avvicinarmi.

«Lei è un parente? Abbiamo provato a rintracciarvi in ogni modo.»

«Sono un amico, diciamo così.»

«Il signor Maccioni è deceduto due giorni fa. Mi dispiace. Ha lasciato questo biglietto, se magari vuole farlo avere ai familiari.»

Ho cercato solo di essere libero
In fondo mi sono divertito
Perché aspettare?

Finisco di leggere e alzo lo sguardo su quest'uomo abbronzato e tonico, al polso un cronografo da duemila euro e un bracciale di pelle nera logoro e spesso.

«È riuscito a procurarsi una boccetta di Talofen, si è ucciso mercoledì.»

Lasciamo il reparto senza dire granché, la mano di Silvia sulla mia schiena come a farmi strada, ma non proprio a farmi strada.

Una volta fuori mi chiede come sto e io non dico niente.

Sto zitto.

Ascolto.

È uno strano silenzio quello degli ospedali fuori dall'orario di visita, lontano dagli ambulatori o dai centri diagnostici, quassù nei reparti delle degenze. Si sentono i motori di certi macchinari, porte che cigolano, il rumore degli zoccoli attutito dai pavimenti in linoleum.

A cosa dobbiamo rinunciare per essere liberi? Quand'è che siamo liberi per davvero? Forse quando non ci sarà nessuno a piangere la nostra morte?

Non ho addosso né rabbia né senso di colpa. Penso solo a quanto Gildo si è divertito, a quanto non ne potesse più. E credo che in fondo anche mio padre – se avesse avuto un filo di autonomia, un filo di consapevolezza, cinque minuti in cui poter essere pienamente se stesso –, credo che anche lui non avrebbe avuto dubbi.

L'ultimo *no*

«Lo ha ricoverato un collega che non sa nulla di calcio. Eppure è venuto a chiamarmi prima di staccare, mi ha detto: credo di aver ricoverato Gigi Riva.»

Siamo fuori da Cardiologia in un corridoio che porta agli ascensori, seduti su sedili grigi e blu fissati alla parete. È un momento della giornata in cui l'ospedale sembra fermarsi. Ogni tanto passa qualcuno che Maria Chiara saluta con un cenno della testa, senza mai smettere di parlare.

Anche lei non è più di corsa e vista così, in borghese, nonostante la stanchezza di un turno lungo, in due a smazzarsi tutto il reparto, i cuori della gente che si sono messi d'accordo per incepparsi proprio in queste dodici ore, vista così mi sembra dimostrare perfettamente l'età che ha.

Indossa un paio di Stan Smith bianche col tallone verde, la caviglia scoperta e sottile, jeans strettissimi su gambe lunghe, una T-shirt nera e quegli ori così classici che fanno contrasto, ma non disturbano.

«Sai» mi dice, «in terapia intensiva le persone non si somigliano mai.»

«In che senso?»

«Nel senso che non sembrano loro. I parenti fanno fatica a riconoscerle. Ma quando mi sono affacciata non ho avuto dubbi: era lui.»

Mi dice che la voce ha circolato in fretta e che su tutto l'ospedale è scesa come un'ombra, come un velo di tensione.

«La coronarografia era un disastro.»

Mi spiega con pazienza, questa donna stanca e bella, con pazienza e amore, in che modo funziona il cuore degli umani, che cos'è una fibrillazione atriale, a cosa serve una coronarografia.

«Il quadro era molto serio ma nel pomeriggio siamo riusciti a stabilizzarlo.»

«E poi?»

«E poi c'era da operare.»

«Qual era il grado di rischio?»

«Era da operare e basta.»

«E perché non avete operato?»

Maria Chiara si alza, mi invita a seguirla, apre la porta che affaccia sulla scala antincendio.

La giornata è nitida ma si sente l'autunno che comincia a pungere. Ci vorrebbe una felpa o comunque una giacca.

Maria Chiara si dice stupita da quel suo rifiuto.

«Eri lì quando ha rifiutato?»

«No, se ne occupavano i grandi.»

«I grandi?»

«I capi.»

«E tu quando l'hai visto?»

«Quando è andato in arresto cardiaco. E a quel punto non c'era più un clima teso.»

«No?»

«A quel punto c'era solo disperazione. Ho visto la

gente mettersi a piangere. Non ci potevo credere. Uomini adulti, bravi dottori, persone con un tanto di scorza così. Certi non se la sono sentita, per loro era troppo. Il fatto è che non erano lucidi, ecco, era come rianimare un parente, non so come spiegartelo.»

«Non hai bisogno di spiegarmelo.»

«Ero di turno io, hanno chiamato me. A grandi linee sapevo chi era ma sono di Gubbio, lo sai, la sua storia l'ho conosciuta dopo, quando ho raccontato a mio padre cosa mi era capitato.»

«E cosa ti era capitato?»

«Ho provato a rianimarlo per ottanta minuti. Hai idea di cosa vuol dire?»

«Credo di sì.»

«No che non hai idea. Di solito, se il paziente è anziano, con un quadro compromesso come il suo, non andiamo oltre il quarto d'ora. Ma quella sera nessuno si voleva arrendere. Ci davamo il cambio, c'erano gli specializzandi a dare una mano. Ho perso anche la brocca con un ragazzo.»

«Cioè?»

«Gli ho urlato di fare il suo dovere, che cazzo, stava rianimando Gigi Riva.»

Maria Chiara apre la borsa e tira fuori un pacchetto di trinciato, abbassa lo sguardo e con due mosse arrotola una piccola sigaretta.

«Non guardarmi così, è solo la paglia di fine turno, mi aiuta a smaltire le scorie della giornata.»

Sono sul punto di chiederle se me ne gira una.

Sorrido.

Desisto.

«E come ti sto guardando?»

«Come un maestrino.»

«Un maestrino?»

«Esatto. Col dito puntato sulla cardiologa che fuma.»

«Hai la coda di paglia, dottoressa.»

«Che fuma in ospedale, oltretutto.»

«È solo una contraddizione. Tutti siamo fatti di contraddizioni.»

«E tu? Qual è la tua contraddizione?»

«Non abbiamo tutto questo tempo, temo.»

Maria Chiara socchiude gli occhi, mi sembra sorridere, poi colpisce il filtro con il pollice per disperdere un po' di cenere.

«E quand'è che vi siete arresi?»

«Arresi?»

«Quand'è che avete capito che non c'era più nulla da fare.»

«Be', io abbastanza in fretta. Ma te l'ho detto, c'era un clima surreale. Ho capito davvero chi era Gigi Riva quando lo hanno portato su.»

«Su? Su dove?»

«In emodinamica. Hanno tentato di operarlo in pieno arresto cardiaco. Era praticamente impossibile. Voleva dire resuscitarlo. Ho capito tutto quell'amore, tutta quella disperazione, quando hanno provato a fare una cosa che non era possibile fare.»

Mi tornano in mente le parole di Nicola, il maggiore tra i figli di Riva, nel giorno infinito del suo funerale, quando ha detto che suo padre è stato Hombre Vertical sino alla fine, che se n'è andato come voleva lui, che è stato lui a decidere cosa fare o meglio cosa non fare.

Hombre Vertical è un'invenzione di Gianni Mura.

Se Brera ha cantato la sua avventura di atleta coniando Rombo di Tuono, Mura ha fissato il tratto dell'uomo con Hombre Vertical. E mi viene di nuovo in mente quel racconto di cui non ricordo l'autore, quel bambino che non aveva abbastanza parole. Mura ha dovuto trovarle in un'altra lingua per definire l'intransigenza di Gigi Riva, la sua schiena dritta, la schiettezza dei modi, sempre.

Lui andava fiero di entrambi, per il florido ingegno dei due inventori e per la completezza del ritratto che restituivano.

«Se n'è andato come voleva lui» ha detto Nicola ai funerali.

E mi piacerebbe impressionare Maria Chiara raccontandole di Riva, spiegandole che quello è stato il suo ultimo *no*, il più estremo. Ma per qualche ragione ripenso all'inizio di questo mio viaggio. Leggiuno. Nestìn: «Voialtri avete sempre voglia di stupire».

Penso allora all'angoscia che può aver provato Riva, lui che metteva la testa dove gli altri avevano paura a mettere la gamba, all'esitazione, al dolore che quel *no* dev'essergli costato.

Allora guardo Maria Chiara, adesso sembra veramente stanca, la guardo e dico soltanto: «Ha detto no dodici volte a Gianni Agnelli, vuoi che dicesse sì a un cardiologo?».

Una telefonata

Me ne sto qui con le mani infilate nello sgombro ancora tiepido. Faccio di tutto per non smembrarlo, vorrei condirlo con pomodori e cipolla ma lo sgombro può essere un problema da spinare, bisogna prendersi del tempo e pulirlo per bene, una volta tolto dalla vaporiera. Poi dopo, con pazienza, levare le spine una per una, senza fretta.

Pino Daniele sparato in cassa sta dicendo che a lui, be', a lui gli piace il blues.

Ripenso alle parole di Elvira: "Cerca di star male il giusto, dopo è solo manierismo".

La casa avrebbe bisogno di una rinfrescata, un po' di bianco alle pareti, qualche muro che inizia a scrostarsi, qualche macchia di umidità.

Forse dovrei chiedere a Claudio. Quanto potrà volerci per una mano di bianco, una settimana?

Gli farei trovare la casa già pronta, mobili arredi libri vestiti, ogni cosa spostata, le pareti libere.

Per la prima volta l'idea non mi dispiace, non mi spaventa. Forse questa casa, dopo tutte le case che ho visitato, dopo tutte le vite che ho incrociato, tutti i racconti, tutti i guai di questi sconosciuti che mi sono piovuti addosso, tutte queste vite storte, ciascuna alla sua maniera, ciascuna col suo modo di tenersi su; forse questa casa, dicevo, adesso fa un pochino meno male.

«Carboni? Studio legale.»

«Marchetti, mi dica.»

«Il dottor Marchetti è impegnato in Cassazione, sono Sergio Marrocu, lavoro per il dottore.»

«Buongiorno Marrocu, mi dica.»

«Solo per comunicarle che riviste le carte, esaminati gli sviluppi, le consigliamo la strada dell'arbitrato.»

«Sviluppi? In che senso?»

«Accetti una transazione, Carboni, è la prospettiva più indolore.»

«Indolore? Ma l'avvocato ha det...»

«L'avvocato mi ha riferito di dirle questo: accetti la transazione.»

«E di quanto potremmo scendere?»

«Be', potrebbe risparmiare le spese legali, ma non è detto perch...»

«Sta scherzando, vero?»

«L'Arma dei carabinieri è una pubblica istituzione, mi segue?»

«La seguo.»

«E perciò sottoposta a controllo della Corte dei conti.»

«E quindi?»

«E quindi non è che può farle uno sconto, ha capito?, non è che può mettersi a trattare, altrimenti arriva la Corte a farle lo scalpo. Non immaginerebbe quanto lo Stato sa essere severo con se stesso, quando si tratta di soldi.»

«Guardi, non pensavo di essere io a dire una cosa del genere, ma perché non aspettiamo di andare in causa, come si era deciso?»

«Abbiamo chiesto una controperizia, abbiamo fatto visitare la controparte da un ortopedico di fiducia, un luminare.»

«E...?»

«E Amarugi è risultato malmesso, ha un principio di invalidità del trenta percento. Se andiamo in causa ci fanno a pezzi. Ma se c'è una buona notizia, in tutto questo, è che il nostro ortopedico se la sentirebbe di operarlo.»

«E questo influirebbe sulla transazione?»

«Be', no. Ma Amarugi potrebbe riprendere una vita quasi normale.»

«Mi faccia parlare subito con Marchetti.»

«Il dottore è in tribunale, come le dicevo.»

«Il dottore mi ha detto che avremmo vinto.»

«Il dottore ha sempre grande fiducia nei propri mezzi, è la sua arma vincente.»

«Ma abbiamo perso, Marrocu, abbiamo straperso.»

«Be', non direi, o per lo meno non lo direi in questi termini. Tecnicamente non abbiamo neanche giocato.»

Passo il resto della mattina accasciato sulla sedia. Di tanto in tanto sbuffo, mi agito, rigiro tra le mani la foto di Riva e papà.

A volte penso che mi basterebbe una telefonata, una soltanto. Duravano meno di un minuto le nostre telefonate. Diceva pronto?, e poi tirava fuori qualcosa di buffo, rideva delle sue stesse battute anche quando non erano un granché.

Poi chiedeva se avessi bisogno di qualcosa e per un attimo stavamo in silenzio.

Mamma non c'è, diceva, e io dicevo ah, ok, e poi di nuovo lui: ciao, arrivederci. E lo diceva in quel modo così gentile e così formale che non ho mai capito se mi prendeva in giro o cosa.

Una telefonata ancora, una sola. Gli direi: "Papà, devo pagare diciannovemila euro all'Arma dei carabinieri".

"Solo?" mi direbbe per stemperare.

"No, forse anche quattromila allo studio legale Marchetti."

"Hai scelto il più caro, complimenti."

Mi asciugo le mani, prendo il telefono, schiaccio il pollice su Claudio.

«Ciao, come stai? No no, il paraurti regge, tranquillo, ottimo lavoro. Piuttosto ci sarebbe da dare una mano di bianco in casa ma non è di questo che volevo parlare. Il fatto è che, come posso spiegartelo? Be', non è che avresti qualche soldo da prestarmi?»

La mia Africa

Il problema è che mi viene da sorridere ogni volta che il numero di Elisa compare sul display. Ci siamo detti che non è successo niente, che non ho del tutto equivocato, ci mancherebbe, è solo che lei, in questo momento, per lei è meglio così, ecco.

Mi ha chiamato ieri.

Ho visto il suo nome sul display e niente, ho sorriso.

Vorrebbe farmi parlare con una persona che lavora come governante a casa di un amico di suo cugino. Ma Yrina Kovalenko, mi ha detto, per cinque anni e sino all'ultimo giorno ha lavorato a casa di Riva.

Non riesco a capire perché – magari è solo una sensazione, ma non mi sembra una buona idea.

Sono entrato in contatto con molti aspetti della vita di Riva, mai con quella parte così ritirata, così intima, quella su cui ha fatto calare il sipario, quella che ce lo siamo goduti noi, i figli e le nipotine, gli amici più stretti.

Mi sembra di non averne il diritto, ecco.

Solo che con Elisa mi riesce difficile dire di no. Quando cerco di sfuggirle mi basta una telefonata per tornarci sotto e sentirmi profondamente stupido.

Devo fare uno sforzo per non sbandare, devo guardarmi allo specchio e dirmi: hai voluto dimenticare i tuoi anni? Hai creduto di poter tornare bambino? Eccoti in porto stupido uomo, che ti credevi chissà cosa.

Yrina mi riceve in un palazzo di piazza Kennedy, il più elegante e straordinario esempio di edilizia popolare degli anni Trenta in città, disegnato da un falso architetto autore di veri palazzi, acciaio e calcestruzzo, la cosa più vera che ci sia, mattoni, cemento e ferro battuto.

Nelle opere pubbliche è certa la mano di Ubaldo Badas, il suo gusto sofisticato e contemporaneo, se ne trova traccia nelle delibere di assegnazione conservate negli archivi. Lo è meno in quelle private, confuse nell'ambiguità della sua posizione, lui mai laureato, mai davvero architetto, senza facoltà di firma su certi progetti. La paternità di quelle opere si perde nei ricordi di alcuni, nel grande inganno della memoria.

Di questa palazzina colpiscono certi riferimenti al Bauhaus, colpisce la sua linea a U che segue la curva della strada aprendo il retro dell'edificio alla luce del sole. Non mancano, benché discreti, in qualche modo stilizzati, i tributi all'architettura imperiale, con i tre tagli verticali nelle finestre del vano scala a indicare i fasci littori.

Lego la bici alla base di un palo, ottobre è un buon momento per girare in bicicletta, il sole è ancora generoso, si suda il giusto, si resiste nonostante lo scempio imminente dell'ora solare, del buio che cala nel pomeriggio come una maledizione.

Yrina mi accoglie in un piccolo appartamento semplice e ordinato. Il signor Renzo a quest'ora riposa, mi spiega, ma mi presenta un uomo di nome Marco, suo figlio, l'amico del cugino di Elisa.

Avrà la mia età, veste malissimo, non vede l'ora che arrivi l'inverno, dice prima di lasciare l'appartamento.

Io lo guardo e non dico nulla, ma lo guardo come un vecchio amico che ti delude.

Yrina ha gli occhi piccoli e celestini, un caschetto biondo che mi ricorda un vecchio calciatore spagnolo di nome Mendieta. Il viso e il corpo sono tondeggianti, le spalle e le braccia mi sembrano salde e forti, il suo italiano è fluente con qualche inciampo, ma più fluente di qualsiasi mio tentativo di parlare una lingua straniera.

«Era preoccupato per guerra in mio Paese» dice Yrina con la sua voce sottile.

Mi racconta di quando lei si è presa il covid e aveva il terrore di averlo contagiato. Era la primissima ondata, il mese di aprile, lei ricoverata agli infettivi con una flebo di tachipirina in vena.

«Dottore mi chiede se sono in contatto con altre persone. Gli dico certo, lavoro e vivo in casa con altra persona. Dottore mi chiede cognome e nome per tracciamento... Gesù, io non sapevo come fare. Alla fine dico: Riva Luigi.»

Yrina mi racconta del silenzio che cala dietro le mascherine, degli occhi sgranati di tutto il personale.

«Ho guardato dottori e ho detto: se contagio signor Luigi... sardi mi ammazzano, vero? Loro risposto: ci puoi contare, signora, ci puoi contare.»

Yrina è una donna pragmatica capace però di grande ironia, di cogliere le sfumature, gli umori delle persone.

Mezz'ora dopo, dice, c'erano tre ambulanze sotto casa di Riva pronte a fargli un tampone.

Mi racconta che al signor Luigi piaceva scherzare, che aveva spesso la battuta pronta. Non sempre amava parlare, è vero, ma sapeva essere amabile.

Il calcio alla tv? Molto di rado. Le partite del Cagliari solo in differita, ormai da molti anni, a risultato acquisito, troppo batticuore. Aveva smesso anche con la Nazionale, servivano le gocce di Lexotan.

«Primi mesi mi studiava, era persona molto intelligente, poi ha capito che poteva fidare di me.»

Negli ultimi dieci anni ha deciso di non farsi più vedere.

È stato un altro dei suoi no, quello alla vita pubblica.

In ultima analisi ci ha mostrato come da eroe si diventa mito: scomparendo. E rarissime sono state le eccezioni, più per educazione che per desiderio. Il collare d'oro del Coni, massima onorificenza sportiva di questo Paese, in una fredda sera di febbraio, di fronte al suo stadio pieno di gente, l'ultimo grande tributo; e la proiezione del film a lui dedicato, due anni prima di andarsene.

Il fatto è che non amava mostrarsi fragile, lui che ha incarnato la forza fisica nel massimo dello splendore.

In giro non si è più visto ma in casa non era mai solo. I figli tutti i giorni, dice Yrina, un giorno Mauro e un giorno Nicola: «Oh, adorava figli. E adorava nipotine! Piccolina era come lui, arrivava e subito si sedeva su ginocchia: due gocce di acqua».

E poi Gianna, sempre, e gli amici, i tifosi, ogni giorno c'era qualcuno che bussava alla porta.

Le chiedo se è vero che non riusciva a dormire.

«A certa età chi è che riesce a dormire? Signor Renzo conta pecore, signor Luigi fumava sigarette.»

Lo colpivano i lutti. Quando è morto Maradona non ha aperto bocca tutto il giorno. Ha fumato una sigaretta dietro l'altra, come al solito ma più del solito, in silenzio, abbandonato alla malinconia.

Dice Yrina che quando gli amici venivano a trovarlo era sempre allegro, sempre contento di sentirli parlare, di ascoltare i racconti delle loro vite. Ma quando si parlava di lui, della sua grandezza, del suo passato, della sua leggenda, ecco che tornava serio, si adombrava, si ritraeva a poco a poco fino a chiudersi del tutto.

«Io conosco mio lavoro, capivo quando signor Luigi stanco. Indicavo orologio per dire a ospiti: è ora di andare.»

Yrina porta al collo un crocifisso e un ciondolo d'oro a forma di Sardegna.

«Una sera» dice «eravamo a cena con amici di signor Luigi. Tomasini mi chiede come sono arrivata qui. Io dico come tutti, con nave. Poi chiede se mi è piaciuto subito, vivere in Sardegna. Io dico no, quando sono arrivata ho pensato che questa è Africa.

Tutti sono rimasti zitti. Ho pensato di avere detta grossa. Poi signor Luigi ha sorriso – lui aveva bellissimo sorriso – e ha detto: "È la stessa cosa che ho detto a mia sorella quando sono arrivato a Cagliari". Tutta tavolata si è messa ridere. Io non sapevo che era frase famosa!»

Si interrompe, torna seria, tende l'orecchio verso la camera da letto. Sente qualcosa che sente solo lei e si alza per dare uno sguardo. Quando ritorna dice che abbiamo poco tempo, signor Renzo si sta per svegliare.

«Cosa devo dire ancora? Lui manca tantissimo. Ultimo Natale ero in Ucraina con mia famiglia. Eravamo a tavola e vedo chiamata di signor Luigi. Ho avuto paura, ho pensato a qualcosa di brutto. Invece era di buon umore, voleva farmi gli auguri. Poi figli hanno chiuso per fare videochiamata. Eravamo tutti insieme, mia famiglia lì e sua famiglia qui, ho presentato tutti. Quando torni?, mi ha chiesto. E io detto ma come, sono appena partita!»

Sospira, Yrina Kovalenko.

«Per me è stato un shock. Non me l'aspettavo. Per tutti è stato un shock. Per figli tantissimo. È stata per tutti grande sofferenza. Dopo tanti anni posso dire che» si ferma, sospira di nuovo, «sì, posso dire che era uomo buono.»

Continua a raccontarmi cose minime, cose di casa, piccole abitudini quotidiane piene di una tenerezza che mi spacca in due. Ma sono fatti privati, penso, fatti suoi. Come si fa a raccontare la tenerezza di un mito? Ulisse che guarda solo film romantici, Achille che non va a dormire se prima non mangia qualcosa di dolce.

Erano fatti suoi e non sarebbe giusto, io stesso vorrei dimenticarli.

Yrina mi guarda e indica l'orologio.

Sulle prime non capisco ma Yrina indica ancora. Si alza. Comincia a trafficare con un bollitore per il tè.

«Chiuda porta quando esce» dice dandomi le spalle, «e tiri bene che serratura è difettosa.»

All'alba se ne parte il marinaro

Il freddo arriva all'improvviso. Sino a ieri la gente faceva il bagno in pausa pranzo tra un giro di mail e qualche telefonata, poi il vento gira da nord e tutto finisce, tutto si ferma, tutto diventa attesa di una nuova primavera.

È il 7 novembre, un giorno di maestrale tesissimo e gelido. Esco di casa a piedi, oggi Riva compirebbe gli anni e non ho ancora visto il luogo in cui è sepolto.

Sono uscito in giacca, forse troppo leggero ma mi preoccupo il giusto, alzo il bavero e inizio a camminare.

Non è nemmeno che la temperatura sia così bassa, è solo che il maestrale segue le sue regole.

Fa buio presto e le strade si colorano del rosso degli stop delle macchine nel traffico.

Mentre cammino sento il cotone del bavero sfregare sul collo, il vento che si insinua, l'inverno che prova a indurirmi la pelle.

Al cimitero non vado mai.

Mio padre è in mare, da qualche parte, e se ho voglia di pensare a lui mi basta star fermo davanti al mare.

Quando vedo sui social le foto del sepolcro di Riva

mi colpiscono le sciarpe delle squadre di tutta Italia legate alla grata della cappella D'Arcais. E i fiori i biglietti le maglie.

Ma arrivato all'ingresso del cimitero mi blocco, la testa incavata tra le spalle per proteggermi dal vento, la tensione che attraversa tutti i muscoli del collo.

Entrare mi sembra a un tratto un'idea balorda.

Riva è ovunque. È negli occhi delle persone, nei loro ricordi, sui muri della città.

Allora mi guardo intorno, respiro, raddrizzo la schiena. Alla fine attraverso la strada perché certe volte, non sempre ormai, non più, ma certe volte mi viene ancora l'istinto di cambiare marciapiede. Mi piace continuare a immaginare, rifugiarmi nell'invenzione o, perché no, nella menzogna.

Finisco per camminare su quelle stesse strade in cui speravo di incontrarlo. Mi sforzo di guardare il mondo coi suoi occhi anche se non credo di riuscirci, del resto non ho mai sentito San Siro ammutolire per me.

Incrocio un gruppo di ragazzini e mi chiedo cosa possono saperne loro di questo calciatore romanzesco, mi chiedo cosa sapranno i ragazzi e le ragazze che ancora devono nascere. Mi rispondo, mentre attraverso la città giocando a fare Gigi Riva, che sarà compito nostro, della generazione di mezzo, quello di raccontare, tramandare, innestare.

Se dovessi raccontarlo mi piacerebbe raccontare Riva di notte, immaginare una di quelle sue lunghe notti insonni, perché certi dolori sanno essere profondi come certe notti sanno essere lunghe.

La notte diventiamo più deboli, la notte cadiamo, i pensieri vanno veloci e le lacrime scendono.

Me lo immagino ormai vecchio che cammina per la casa, avanti e indietro mentre accende una sigaretta al centro del salotto, nella penombra del suo appartamento cagliaritano dai lunghi balconi.

Mi risuonano le sue parole: "Sia chiaro, io non ho mai saltato un allenamento, ma la mattina non mi riusciva di alzarmi presto, ho sempre fatto fatica a prender sonno".

Gli animali notturni sono anime inquiete, gli insonni si agitano attraversati da vibrazioni crepuscolari.

Spesso arrivava per primo al campo di allenamento.

Sempre andava via per ultimo.

Si tratteneva un'altra mezz'ora a inchiodare i portieri con quel suo martello mancino. Adriano Reginato mostra ancora le mani quando parla di lui: le dita storte non per il tempo o per l'artrosi, ma per i suoi colpi dal limite dell'area.

La notte i pensieri vanno veloci e soprattutto tornano indietro.

A Viggiù, a Varese, a Milano, agli anni della galera. Al freddo canaglia e all'umiliazione dell'obbedienza, al mangiare da schifo e alla voglia di fuggire.

Mi facevano pesare di essere povero, sta pensando al centro della stanza.

Gira per la casa e pensa a suo padre, a quella bici pesante come un cancello com'erano le bici di allora, lui sulla canna a risalire il monte per aspettare Fausto Coppi. Chissà se si sono mai guardati negli occhi, Riva bambino e Coppi campione, durante una di quelle corse.

La memoria di tanto in tanto lo tradisce, l'anca lo tormenta, l'osteoporosi lo rende fragile, i calci di una vita presentano il conto negli anni della vecchiaia. Ci voleva un certificato medico di cinque giorni, ha detto una volta, per prendere un rigore a San Siro.

Si trascina per la stanza e si ferma alla finestra. Guarda la città di notte che scorre piano, un motorino che passa, un gatto che si infila sotto il cofano di una macchina.

Sta pensando a sua madre, ai suoi sorrisi, alla sua fierezza. Quattro figli e un marito morto, due lavori e molta fatica. Mai un lamento.

Sta pensando a se stesso dietro la bara di Edis, ancora ragazzino e già solo al mondo, mentre attraversa in silenzio le strade di Leggiuno.

Sta pensando a quel suo buco nero nel cuore, troppo dolore, troppo presto, quel buco di senso che col tempo ha riempito la gente, il calore della gente, il furore degli stadi, l'amore delle persone.

I soldi, mai.

Mi sembra di vederlo al termine della notte, stufo ormai di andare su e giù per il salotto, mentre si abbandona sul divano e accende un'altra sigaretta; lui che è stato un'iradiddio, lui che per fermarlo dovevi rompergli una gamba, lui con quella faccia che sembra un pugno; mi sembra di vederlo mentre canticchia a mezza voce l'aria di un valzer:

All'alba se ne parte il marinaro
Coi sogni in core e il sole sulla prora
Appena s'allontana dal suo faro
Più non ricorda chi per lui dolora...

Perché agli agguati della notte si risponde solo coi pensieri felici. Una bicicletta, le strade di Leggiuno, il Luigino seduto sulla canna e mamma Edis che pedala, in bocca una vecchia canzone di Luciano Tajoli.

Luigi pensa a lei, a lei ha pensato per tutta la vita.
Spegne la sigaretta e sprofonda nello schienale.
«Marinaro torna qui» canticchia prima di addormentarsi, «si può amare una volta sola così.»

Ringraziamenti

Grazie a Giordano Aterini, editor e mental coach, e a Roberto Santachiara che mi accompagna nelle scelte.

Grazie a Cristiano Peddis che alla fine aveva ragione, un giorno lo avrei ringraziato.

Grazie a Gigliola, che mi ha fatto scoprire la teoria dell'innesto, e a Paola, che mi ha fatto conoscere Joyce Lussu.

Grazie a Michela per le parole che ha prestato a Elisa, e grazie a Mariella per la consulenza legale: se ci ho preso è merito suo, se ho sbagliato la colpa è mia.

Grazie poi a Marina, e qui l'elenco sarebbe lungo ma io non conosco abbastanza parole, perciò, semplicemente, grazie.

Grazie alla dottoressa Cla per avermi spiegato, tra le altre cose, cos'è una coronarografia.

Grazie ad Alessandra Marisa per le sbobinature e le ricerche d'archivio.

Grazie ad Alessia per gli oroscopi, il supporto, gli sticker e le pause in biblioteca.

Grazie ad Alessandro detto Bizio per l'hackeraggio di alcuni materiali fondamentali.

Grazie alla crew del Chourmo, al collettivo Scrittori da Palco e al Gruppo Babeuf.

Grazie a Sara M., che mi ha spalancato il mondo delle barzellette sui violisti.

Grazie a mio fratello Fabio, bomber mancino, e a Elena mia madre. Grazie a Carletto che ci guarda dal mare, grazie a Sara S. che è la mamma di Alice e ad Alice medesima, che sempre mi ha chiesto notizie di questo libro, e sempre mi ha incoraggiato.

Grazie infine, e con molto amore, a Franco, Marirosa, Anna e Patrizia.

Indice

MISTO
Carta | A sostegno della gestione forestale responsabile
FSC® C115118
FSC www.fsc.org

Mondadori Libri S.p.A.

Questo volume è stato stampato
su carta HOLMEN
con fibra vergine proveniente da foreste sostenibili holmen.com/paper
presso ELCOGRAF S.p.A.
Stabilimento - Cles (TN)

Stampato in Italia - Printed in Italy